甘くて苦しいなにかが身体の中を駆けめぐって、出口を求めている。熱い。熱くてたまらない。目の前が朱に染まる。真っ赤に燃えていた、あの炭の色を思い出す。「……桜彦」「――っ、く……あ……ッ―」耳たぶに、克郎の唇が触れた瞬間、限界が訪れた。ビクビクと全身が痙攣する。

GENKI NOVELS

無作法な紳士

Mr. Bad Manners!

榎田尤利

YUURI EDA ● PRESENTS

イラスト／金ひかる

MR.BAD MANNERS!

009 無作法な紳士
254 あとがき

CONTENTS

この作品はフィクションです。実在の個人・法人・場所・事件などに一切関係ありません。

無作法な紳士

Mr. Bad Manners!

心から尊敬していた祖父は、いつも言っていた。

山には足らないものがない。山には無駄なものもない。

土と木々と水と風、そして生き物たち。過不足なく、バランスよく、ここにはすべてがある。

まだ子供だった俺は、あるとき反論した。口をひん曲げてぼやいた。

でもここには、母さんと父さんがいないと。

祖父はちょっとだけ困ったような顔を見せた。それから分厚い手のひらを俺の頭にポンと乗せ、皺だらけの顔をますますしわくちゃにして笑った。

――そっだことねべさ。お父《ど》さもお母《が》さも、おめの心《こごろ》の中《なが》さ、いっつもいるんでねのが？

あれからもう何年も経《た》って、祖父も亡くなり、それでも山は変わらずここにある。

土と木々と水と風、そして生き物。過不足なく、バランスよく、山はすべてを与えてくれる。

……ならば、これも山が与えてくれたものなのだろうか。

最初は、雪の精かと思った。降りしきる雪に埋もれかけた彼を見つけたのは、老犬のジコだ。

俺は冷え切った彼を背負い、石造りの小屋まで連れ帰った。

寝床に下ろし、軽く頰を叩く。

目覚めない。手足を調べると、氷のようだが凍傷を起こしている様子はなかった。

ジコが彼の顔を舐める。雪と変わらぬほどに白い頰。やっと赤みを取り戻した果実のような唇。

長い睫が震えて、吐息が小さく漏れた。

1

想像してごらん、とジョン・レノンは歌った。

十七歳の桜彦《おうひこ》が生まれた時にはすでに没していた人なので、よくは知らない。ただ、母親がこの人の歌が好きだと聞き、初めて自分で買ったCDが『Imagine』だった。

……というわけで、九重《ここのえ》桜彦は想像してみる。

抱えた膝の間に顔を埋めて、できる限り想像力の翼を広げてみる。

足元からほかほかと暖かいセントラルヒーティングの部屋。冬場のセンターマットはふっくらとしたムートン。ローズミルクのバスボムを入れたお湯にゆったり浸《つ》かったあとは、ネルのパジャマを着て、ベッドの上でジンジャーを効かせたハニーミルクを飲む。部屋全体が暖かいので冬でも薄い羽根布団だけで平気だ。雑誌を広げているうちに眠くなってくる。ちょうどいいタイミングで家政婦のタマさんが「カップをお下げしましょう」と部屋を訪れる。ノーチラスのスピーカーから低い音量でバラードが流れる中、タマさんは明日の朝食はなんになさいますか、と聞いてくれる。桜彦は枕に頭を預けながら「バゲットのフレンチトーストがいいな。ママレードを添えたやつ」と答える。桜彦坊ちゃまはフレンチトーストがお好きですねえ……タマさんは優しく微笑み、灯りが落とされ、桜彦は安らかな眠りの中へ――

「って眠っちゃダメなんだってば！」

慌ててガバッと顔を上げ、桜彦は意識的に大きな声を出す。

眼前に広がる視界は——白、白、白。

まさしく白銀の世界。

字面《じづら》だけならば美しいが、現実は桜彦に厳しい。雑木林のただ中には雪を避けられる場所などない。文字通りの吹きさらしだ。粉雪をはらんだ風が、前後左右縦横無尽に襲ってくる。髪はパンクロッカーも真っ青というほどぐしゃぐしゃに乱れ、露出した耳はさっきまでちぎれそうに痛かったが、今は感覚すらもない。

「ううう……さ、寒い」

十二月半ば、東北の山中に雪まみれで蹲《うずくま》り、桜彦は自分の膝をがっちりと抱え直す。

「さ、さむ、さ……はが……」

もはや歯の根も合わなくなってきた。下手に喋ると舌を噛んでしまいそうだし、口の中に雪が吹き込んでくる。

寒い寒い寒い。バカのひとつ覚えのように心の中で繰り返す。

桜彦は東京《とうきょう》生まれの東京育ちである。他にこの極寒を表す言葉など知らなかった。風は氷の矢のように、カシミアのコートを貫通して肌を刺す。襟周りにはシルバーフォックスのファーがついた桜彦のお気に入りはあくまで都会の冬を意識した一着であり、雪山では役に立たないこと甚《はなは》だしい。

「こ、このままじゃ……ううう……と、とと、凍死しちゃうって……」

膝から下は雪まみれでぐちゃぐちゃだ。どれだけ歩き回り、どれだけ転倒しただろうか。そもそも雪の上を歩くような靴など履いていない。桜彦の靴はエナメルのドレスシューズ、イタリア製、十二万円也だ。

寒い寒い寒い寒い寒い――ああ……眠い。

カクンと落ちかけた首を、慌てて起こした。

寝たら死ぬぞ――雪山遭難での定番文句が脳裏に浮かぶ。さっきは寒さのあまり、イマジン作戦で快適な部屋に逃げ込んだが、やはり睡魔に襲われて失敗した。

連れでもいればこんなとき、頬を張り合ったり、震える手でチョコレートを半分こしたりするのだろうが、あいにく桜彦はひとりきりである。死ぬとしたら、ここでさみしくひとりで死ぬのだ。

いやだ。冗談じゃない。

きりりと唇を噛もうとしたが、寒さで上唇と下唇がぴったりくっついている。軽く凍りついてしまったのかもしれない。無理に剝《は》がすと痛そうなのでやめておく。

とにかくいやだ。こんな間抜けな格好で……白の三つ揃いにアスコットタイ、シルバーフォックスのファーつきコートなんて格好で死ぬのはごめんだ。山を舐めるんじゃない、どころの話ではない。こんな姿で冬山に来ている奴はただのバカだ。いや相当なバカだ。救いようのない、むしろ救いたくないバカだ。桜彦が山岳救助隊でも、こんなバカは助けたくない。

嵌《は》められた。

まんまとしてやられた。

なにが素敵なログハウスで、少し早いクリスマスパーティー、だ。

なにがみんなに可愛い弟を紹介したいから盛装《せいそう》で来てちょうだいね、だ。

姉の言葉を真に受けた自分のバカさ加減に、桜彦は心中で地団駄を踏む。実際には小さく身体を折りたたんだまま、動く気力もない。

風が唸る。びゅろぉ、びゅろぉ、と。

初めての東北だ。こんなに寒いとは思わなかったし、そもそも遭難する予定などあろうはずもない。移動はほとんど車の予定だったから、手袋もマフラーも持ってきていない。

昨日の午後、桜彦は羽田《はねだ》から青森《あおもり》に入った。

先に青森入りしていた姉の車に乗って、更に山方面に向かった。

「不動産会社を経営しているお友達のログハウスなの」

鈴香《すずか》が微笑む。淡いピンクのパンツスーツ姿で、白いダウンコートを持っていた。到着してからドレスに着替えると言っていたが、この時点で不審に思うべきだったのかもしれない。

姉の鈴香は桜彦より八つ上の二十五歳。

取り立てて美女ではないが、幼い顔立ちのせいで実年齢よりかなり若く見える。計算高い姉は、己の外見をきっちりと自覚した上で、髪をクルンと内巻きにし、ほんのりピンクのチークを差し、どことなく頼りなげな女性を演出していた。そうすると、せいぜい二十歳前後にしか見えない。

かくいう桜彦も十七だというのに、肌はすべすべ、髪はサラサラ、髭など今まで確認できただけで僅かに三本という有様である。もともと骨格は細く、「いつもびっくりしてるような」と評される大きな目に、勝手にカール気味になってしまっている睫のせいで、中学生まではしょっちゅう女の子に間違えられていた。童顔という点では、似ている姉弟だった。

「使っている木材は北欧産で、向こうから職人を呼んで組み上げたんですって。今日のパーティーは、ごく親しい友人たちの集まりなのよ」

そうですか、と桜彦は短く答えた。

顔は可愛らしいが、性格はひと癖もふた癖もあるこの姉が、自分の友人を紹介したいと言ってくれたのは初めてだった。これを進歩と見るべきか、怪しいと考えるべきか——もちろん正解は後者だったわけだ。

「そういえば、九重リゾートはまだ東北には手をつけていなかったわね。最近スキー人口は減ったけれど、スパリゾートなら流行りそう。桜彦さんが重役に就任した暁《あかつき》には、計画を立ててみたらどうかしら」

「そんな。僕は重役になんかなれませんよ」

「なにを言うの。大学を出たらすぐに取締役に就くべきよ。桜彦さんは九重家の長男なんですもの、誰にも文句は言わせないわ」

計算ずくでやや下がり気味に調整された眉を寄せて、鈴香は隣の桜彦を覗き込んだ。

「ねえ桜彦さん、私たち、今までどこかぎこちない姉弟だったけど、これからは違うわ。お父さまが病床の今、私たち姉弟は協力し合わないといけないもの。もちろん、舜也《しゅんや》にもいくらかは手伝ってもらうけれど……でもほら、舜也はお父さまの血を引いているわけではないし」

どこまで本気なのかわからない鈴香の顔を見て、桜彦は返答に詰まる。

「正直に言えばね」

鈴香はフレンチネイルに仕上げた中指を、顎にちょんとつけて小首を傾げる。

「九重グループ総裁の椅子に、ちょっぴり座ってみたい気もしていたの。でもね、やっぱり私は女だから、いつかは結婚したいし、子供も産みたい。そうなったとき、九重グループのトップでいることは、私にとって重荷になってしまうと思うの」

「姉さんなら両立させられますよ」

「そうかしら。可能性がゼロだとは思わないけど……でもね桜彦さん、私の好きになった人が、婿養子に来てくれるとは限らないでしょう？」

小さな溜息交じりの言葉——確かに、それは事実だった。九重財閥の家督《かとく》を継ぐのであれば、他家に嫁ぐことはできない。

九重財閥の成長の発端は、戦後の不動産ブームだった。桜彦の父である九重七曜《しちよう》の代になると、事業は一気に拡大し、貿易、レジャー、都市開発と、多くのグループ会社が発足した。

それぞれが順調に業績を伸ばし、何度か襲ってきた不景気の波にも呑まれることがなかったのは、グループ総裁である父の力が甚大《じんだい》だ。自由な発想を持ち、度量も大きかった父は、危機すらも好機にしてしまう経営手腕を持つ豪傑《ごうけつ》だった。

だが、その父がこの冬、突然倒れたのだ。

脳血栓が発見されたという。命は取り留め、意識も回復したが、再発の可能性は高い。お身内の方はどうかご覚悟を……医師の言葉は父の右腕である秘書によって報告された。まだ五十七だというのに。

万が一というとき、家督を継ぐのは誰なのか。

つまり誰が次期総裁になるのか——現在、九重家、親戚一同、更に各社の代表取締役たちが固唾《かたず》を呑んで七曜の決定を待っている。秘書の話では年内、つまり今月中には発表されるらしい。

「でも、僕なんかに九重家のトップが務まるのでしょうか」

不安げに瞳を揺らしながら、桜彦は心の中で「やっとわかったのか、遅いっつーの」と舌を出していた。九重財閥を継ぐのはこの自分、長男たる九重桜彦だ。鈴香は見た目にそぐわぬ才女であり、ハーバードでＭＢＡを取得したほどだが、かといって家督は譲れない。九重の長《おさ》は代々男子なのである。

「私もできる限り桜彦さんをフォローするわ。きっと力になれると思うの。ね、姉弟で、力を合わせて頑張りましょう」

……あの時の、鈴香の笑顔と空々しいセリフが、むなしく桜彦の頭でリフレインする。

やがてそれらは吹雪の音が掻き消してしまった。ふと気がつけば、コート全体が雪でコーティングされつつあった。このままでは雪だるまになってしまう。

動かないと。

頭では、わかっている。このままここで蹲っていたら、凍りつくのは時間の問題だ。

移動途中で出されたコーヒーに、睡眠薬でも仕込まれたのだろう。目が覚めた時には、素敵な北欧のログハウスではなく、どこだかわからない雪の山中に放り出されていた。慌てて探ったポケットに携帯電話は入っていたが、予想通りの圏外だ。

……歩かないと。

けれども関節は寒さで固まってしまっている。指を動かすことすら難しい。このまま目を閉じて眠ってしまいたい。眠ったら、きっとこの寒さを忘れることができる……できる…………

ひときわ強い風が吹いた。

風の中に声を聞いた気がした。鈴香が笑っている。バカな子ね、あんたなんかに九重の家督を譲れるわけないでしょうと、高笑いしている。

閉じかかっていた瞼を開け、桜彦は何度か強く瞬《まばた》きをする。目玉に吹きつける粉雪が、眠気をいくらか取り去ってくれた。

あんな腹黒い女に、九重の当主になられたらたまらない。それだけは阻止しなければならない。

ガタガタと震えながら、脚に力を入れた。雪を踏みしめる。臑《すね》までズボリと埋まってしまう。へっぴり腰でよろよろと立ちあがった。寒さと強風で、身体をまっすぐ起こすことなどとてもできない。

二歩進んだ。

よろけた。が、かろうじて転びはしない。

そしてまた二歩進み、止まる。身体のバランスがうまく取れないのだ。なんとも情けない雪中行軍《せっちゅうこうぐん》である。カタツムリだってもう少し速い。

そんなふうにして十メートル程度は進んだ。もっとも、正しい方向に進んでいるのかはわからない。もしかしたら自分は、とてもむなしい真似をしているのかもしれない。そう考えると、途端に身体の力が抜けていく。

限界はしごく安易に訪れた。

「ふがッ」

雪に足を取られ、桜彦は無残に転ぶ。

積もった雪に受け止められ、さして痛くはない。だが気力と体力のゲージはすでにゼロをさしていた。感覚のない手で雪を摑んだが、それがよすがになるはずもない。

「……ちくしょう」

小さく呟くと、口の中に雪が入った。

＊＊＊

――声が聞こえる。

「あのおどごわらしこ、どさ落じであったのせ？」

「沢のきんぺだ」

「おめ、見つけたんだな？」

「なんも、ジコだ。うだでぐほえで、なだぺと思って見だきゃ、あのわらしこ、半分雪さ埋まって
まって倒れでらんだじゃ」

中年の男と、若い男の声だ。なにを言っているのかはさっぱりわからない。

「おなごわらしこだけんだ顔《つら》してるでぇあ。なしてまだこたらだ雪の中《なが》さ倒れでいだもんだがさ？」

「どしてだべな。わもわがらねじゃ」

何語だろう。英語だったら、もう少しはわかるのになと思う。

桜彦の意識は緩やかに浮上していた。身体全体がほかほかと暖かく、幸せな気分だった。

なんだかとてもいやな夢を見ていた気がする。鈴香に騙されて、雪の中で遭難しかけた夢だ。凍
りつくような寒さがリアルだった。本当に雪の中にいるようだった。

早く起きて熱いシャワーを浴び、いつものようにタマさんにアールグレイを淹れてもらおう。

一杯目はストレート、二杯目は温めたミルクとシュガーも入れて、フレンチトーストにママレード……ヨーグルトには白桃のシロップ煮を――

「そえにしても、なしてまだ、こたらえふりこいだかっこしてだもんだがせ。こった吹雪《ふぎ》の中で、振《ふ》る舞《めっ》こでもあるづのが？　そったわげねべたって」

「振る舞こて、パーティーが。源《げん》さんや、こった時《とぎ》だっきゃ熊も寝でるじゃ」

「おめが起きてるべな。わはは、パーチーさ行ぐんだば、まんずは顔《つら》洗ねばまいねべけんどな」

笑う中年男の声は今やはっきり聞こえるのだが、やはり意味不明だった。

桜彦はふいに違和感を覚える。

なぜ知らない人間の声が聞こえるのだろう。それに……これは自分のベッドの寝心地ではない。

べろん。

この硬さはまるで板の間に煎餅《せんべい》布団……

「ひゃあああッ！」

なにかに顔を舐められて、桜彦は飛び起きた。

視界に飛び込んできたのは、茶褐色の大きな犬だった。ハッフハッフと荒い息がかかり、続けざまに顔を舐められる。現状認識不可能となった桜彦は、起こした上半身を再び犬に押し倒されてしまう。

「ひっ！」

続いて視界に現れたのは、犬よりもっとインパクトのある——真っ黒な、

「わ……わ、わわっ……」

真っ黒な、人間。

黒いのだ。本当に黒いのだ。比喩ではなく。

ぼさぼさに伸びた髪、何か月不精《ぶしよう》をしているんだという髭、髪と髭だけならまだしも、他の部分までが煤《すす》けたように黒いのは何事なのか。

桜彦は犬を押し退け、肘《ひじ》を使ってずりずりと後退する。

逃げる桜彦を壁際まで追い詰め、黒い男はズイとなにか差し出した。

「えっ……な、なに」

よくよく見れば、黒い汚れた大きな手が縁の一部欠けた湯飲みを持っている。飲め、ということらしい。おずおずと受け取って中を見た。

白湯だ。

ほのかに立ち上る湯気に、喉の渇きを自覚して、桜彦は湯飲みに口をつける。

白湯は熱すぎず、ぬるすぎず、桜彦の喉を癒していった。こんなに美味な白湯は飲んだことがない。よほどの名水を使っているのだろう。

「ふ、は……」

夢中で飲み干すと、我知らず溜息が零れる。

脱力した桜彦から湯飲みを受け取り、黒い男は黙ったまま囲炉裏《いろり》のそばに戻った。犬は尻尾をぶんぶんと振って、桜彦の匂いを嗅ぎまくっている。

ここは、どこなのだろう。

犬を撫でながら、周囲を見回す。石造りの小さな小屋だ。

広さは二十平米《へいべい》くらいだろうか。壁に暖炉、中央に囲炉裏。桜彦の寝ていた場所は部屋の一番奥で、他の部分より五十センチほど高くなっている。煎餅布団が敷かれていて、全体がほかほかと暖かい。ちょうど床暖房のようだ。

「あんちゃ、おめや、もわんつかで雪《ゆぎ》さ埋まってまるどごだったんだど。そのワンコ見つけで、克《か》っちゃが助け出したんだァ。なしてあったらどごさ倒れでらんだ？」

「は？」

中年だとばかり思っていた男は、もう少し歳がいっていて、六十を超したくらいに見えた。声に張りがあるので若く感じたのだ。だが、喋っていることは意味不明である。

「あの……すみません、日本語か英語でお願いします」

そう頼むと、初老の男はきょとんとする。

「源さんの喋ってらごと、わがらねって喋らえでらんだじゃ」

真っ黒男が初老の男に何か言った。

「なして。わだっきゃ若げ頃、東京さいだんだがら。そったらになまってるわげねべな」

「うんにゃ、なまてる。てめでわかってねだけだべな」

「なんずごとだ……。んだば、おめが語《かだ》れ。もどもどおめの拾ったもんだんだがらな」

男は軽く肩を竦《すく》めて、「ん、だば」と言い、真っ黒い顔を桜彦に向けた。

「なんであんなところに倒れていた？」

おお、今度はわかる。

桜彦は安堵した。真っ黒男はなりこそ熊だが、日本語を喋れるらしい。

「ええと……道に、迷って」

「道に迷った？　あんな格好でか？」

針金のハンガーにかけられたスーツとコートを見て男は言う。あれ、と桜彦はあらためて自分の格好を確認する。下は肌着のみで、上はやたらと大きなTシャツ姿だった。真っ黒男が着替えさせてくれたのだろう。

「いや、これは……知人のパーティーに行く途中だったから」

「この雪の中を、歩いて？」

「車だったけど……その、ちょっと、いろいろあって。とにかく、気がついたら雪の中だった」

ずいぶんと端折《はしょ》った説明に、真っ黒男はいまひとつ納得のいかない顔をした。

「名前は」

「……桜彦」

あえて姓は名乗らない。下手に九重姓を出して、身内のゴタゴタを知られるのは不本意だ。

「俺は克郎《かつろう》だ。こちらは源さん……藤田源助《ふじたげんすけ》さん」

「……ということは、日本の方、ですよね」

ややや遠慮がちにそう聞くと、源さんと呼ばれた男がアッハッハと大きく笑い、真っ黒男は真面目な顔で言う。

「さっきから日本語を喋ってるだろうが」

「えっ。うそ」

「うそでねえべな」

今度は源さんが答えた。嘘じゃないよ――というようなことを言ったのだろう。そういえば、ときどき知っている単語が交じっていた気もする。つまり方言なのだと桜彦は悟った。だがなまっているなどというレベルではない。ナチュラルスピードだと、本当に外国語のように聞こえるのだ。

「家の人が心配してるだろう。源さんが連絡してくれるから、電話番号を」

「いや、自分で電話できますから」

「ここには電話はない」

「ないって……どうして？」

「ないからないんだ」

真っ黒男――克郎は素っ気ない。

「源さんの家から電話してもらえる」

「じゃ、僕も一緒に源さんのご自宅まで……」

「無理だ」

「なんで」

「源さんはあれで帰るんだぞ」

克郎が指さした先にあったのは——壁に立てかけたショートスキーだった。源さんは自慢げな顔で「これだっきゃ、ニューモデルなんでぇ」と笑う。……なるほど、無理だ。桜彦は運動神経のよいほうではない。数年前にカナダでスキーをした時には、滑っているより転んでいる時間のほうが長かった。

肩を落とした桜彦の顔を、犬が励ますようにペロリと舐める。

「連絡先を教えろ」

「連絡は……しなくていいです」

「どうして」

「ええと……家族はみんなヨーロッパに旅行中なんだ。だから連絡つかないし」

こうなったら、遭難したふりをして鈴香を驚かせてやろう。

悔し紛れに桜彦はそう考えた。もっとも鈴香にしても、本気で桜彦を凍死させるつもりはなかったはずだ。利口で小狡《こずる》い女だから、そんなリスクの高い真似はしない。

これは行きすぎた嫌がらせ……というよりは脅しなのだ。

九重の跡継ぎなど諦めて、おとなしく末席に座っていなさい、万一跡継ぎに指名されても、辞退しなさい——そういうメッセージである。今頃は迎えに寄越された誰かが、うろうろと桜彦を捜しているに違いない。

「パーティーなんだろ。みんな待っているんじゃないのか？」

「いや……それは、ええと、行けるかどうかわからないとしか言ってないから。そっちも平気」

あまり上出来な嘘ではなかったが、咄嗟のことで他に思いつかなかった。

克郎と源さんが無言で顔を見合わせたその時——ぎゅるるるるとなんとも情けない音がする。発生源は桜彦の腹部である。

「わっはっは、腹の虫こ鳴いでらでばな。まんずまんず、あんちゃ、こっちさ来いへ」

桜彦は毛布を身体に巻きつけ、赤面しながらも囲炉裏に近づいた。さっきからずっと鼻を擽《くすぐ》っていたいい匂いは、囲炉裏に掛かった鉄鍋から漂っている。

克郎は自分が敷いていた座布団を外し、無言で桜彦に差し出す。

「あ……どうも」

礼を言ったが相手は無言だった。なんだかとっつきにくい男だ。四十すぎくらいだろうか。がっしりとした身体つきである。座高からして、身長は一九十近い。黒く汚れてもとが何色なのかわからない繋ぎの作業着を纏《まと》い、首にはかつて白かったであろうタオルを巻いていた。

肩幅は広く、胸は分厚く、二の腕は太い。

そして何度も言うようだが、どうにも黒い。顔を拭きなよと言いたくて、うずうずしてしまう。

克郎が大きな椀《わん》に、鍋の中身を注いで箸とともに渡してくれる。

「ありがとう」

またしても返事はなかったが、今度はひとつ頷く。よくよく見れば、目つきはそう怖くない。

克郎は源さんに視線を移し「カマ」とだけ言って立ちあがった。

「窯出《かまだ》しは今夜だか？」

「んだ」

「今年はいづまでここさいるんだ？　そろそろドカ雪来て、根雪さなるころだべ」

「年内には麓《ふもど》さ下りるつもりだんだ。奥《おが》ささ、よろしぐって喋っておいでけじゃ」

「うんだが、わがた」

やはり、外国語である。桜彦には会話の内容が掴めないまま、克郎は身支度をして小屋を出ていってしまった。どこへ行くのだろうと気にはなったが、それよりも桜彦は食べるのに忙しい。鍋に入っていたのはお粥に似た汁物で、桜彦の身体を芯から暖めてくれる。

「あんちゃ、歳、なんぼだんだ」

桜彦にも理解しやすいように、源さんは意識的にゆっくり話してくれた。そうすると、半分くらいは通じる。

「歳？　あ、十七です、はふ」

「高校生だのが。そしたら今だば、試験の時期でねえのが？」

「試験？　あ、うちは二期制なので試験は年明けで……そんなに厳しい学校じゃないし。ふはっ、あちっ」

「ゆったらっど食べろ。鍋だば逃げねんだがら」

笑われてしまった。それくらい桜彦は夢中で食べている。

「あの。これはなんていう食べ物ですか」

「こっちじゃあ、粥《け》の汁《しる》って言うんだよ。ほれ、あれだ、七草粥みたいだもんだべがな」

「七草粥……」

「知らねが？　若者《わげもの》だはんでな」

「聞いたことはあります。初めて食べましたが、美味しいですね」

「めがー。めべー。んだばいがった、いがった」

家の食事はタマさんや別の家政婦さんが支度する。こんな料理を出してくれたことはないし、レストランのメニューでも見たことはない。郷土料理なのだろうか。山菜の滋味《じみ》が身体を芯から温めてくれる。

「うんだばって、おめさは運えがったんだよ。克っちゃが見つけねば、凍《しみ》でまって、吹雪《ふき》取《ど》られで死んでまったんでねのがな」

「あの人が僕を助けてくれたんですか？」

「うんだ。愛想はねけんども、いい男だんだ」

それではあの真っ黒男に礼を言わなければならない。ここが街で、近くに銀行でもあれば金一封でも用意するところなのだが、今は無理である。

「ここは、あの人の家……なんですよね」

「建てだのはあれのじさまだ。克っちゃは早くに両親《ふたおや》亡くしてまって、ずっとじさまど暮らしてらんだ。いい家《え》こだべ？　あらー、あれだ、田中邦衛《たなかくにえ》の家こだけんたべさ」

たぶん、北海道を舞台にした有名ドラマのことを言っているのだろう。♪るーるーるるるるるーるーという、アレである。あいにく桜彦はまともに見たことがないので具体的にはわからない。

桜彦がひとしきりすいとんを食べ終えると、源さんが「わい、ぐっと遅ぐなってまったじゃ！そろそろいがねばまいね。暗くなってまるじゃ」と立ちあがった。目が覚めるようなブルーのダウンジャケットを着ながら「これだっきゃ、おらえの嫁《よめ》コ買ってけだんだよ」とまた笑う。

「あの……ここから街までどれくらいあるんですか」

「街だっきゃ、うだでぐ遠いんだ。麓の村までだば、ちょこっと一時間ぐれだべか」

「小一時間……」

雪がやめば、根性出してなんとか歩ける距離かもしれない……そう思った矢先「車こ、でだよ」と言われてしまう。だめじゃん、と桜彦は肩を落とした。

「車は……ないですよね？」

「克っちゃだば持ってるし、国道まんで出れば除雪もされでる。うんだばって、しばらくだは無理だんでねか」

「ど、どうしてですか」

「も、わんつかで窯出しだからな。手こはなせねんでねべがな」

カマダシとはなんだろう。桜彦が悩んでいる間に、源さんは手早く帰り支度をして「うんじゃ、おめさも風邪こひがねよにしねばまいねよ」と出ていってしまった。見送るつもりなのか犬もあとについていく。

小屋の中、桜彦はひとりきりになってしまった。

くしゃみをひとつして、よいしょと立ち、自分の服を調べる。しわくちゃだが、ほぼ乾いていた。スラックスとシャツを着て靴下を履き、囲炉裏のそばにあった長靴を拝借する。そしてこちらはまだ生乾きのコートに袖を通し、しばし考えてスラックスの裾は長靴にしまった。滑稽ないでたちではあるが、致し方ない。大きすぎる靴をがぽがぽさせながら進み、恐る恐る扉を開けた。

途端に冷たい風に襲われて、桜彦は首を竦める。寒さは相変わらずだが、雪はやんでいた。

「……煙？」

立ち上る煙は遠くない。雪を踏みしめながら進むと、克郎の大きな背中が見える。顔をやや上げて、煙を熱心に眺めているように見えた。

「あの、オジサン」

声をかけると、いかつい肩がピクリと反応した。

克郎は怖い顔で振り返り「家に入ってろ」と言い捨てる。そんな言い方はないだろう。桜彦は
むっとして言葉を無視し、ますます近づいた。

「これが、カマ？」

聞いたが克郎は答えない。

カマとは——つまり窯なのだろう。

この中でなにか焼いているのだ。克郎は陶芸家なのかもしれないなと桜彦は思う。父の趣味のひとつが骨董品の蒐集《しゅうしゅう》で、中にはずいぶん値の張る焼き物もあった。

克郎が相手にしてくれないので、あたりを観察してみる。

窯は斜面に縦穴を掘り、周囲を石で固定してある。入り口は塞がれているが、中は火が入っているのでとても暖かい。周囲は木枠とトタンで簡単な屋根がかけてあった。窯の隣にはやはりトタンで葺《ふ》いた掘っ建て小屋があり、その中に原木が積んである。燃料だろうか。

克郎は雪の上に足をしっかりと踏みしめて立ち、じっと煙を見つめている。

つられて桜彦も煙を見るが、煙はやっぱりただの煙だった。わうわうっ、と犬が吠えながら駆け寄ってくる。途中まで源さんを送っていったのだろう。桜彦はしゃがみ込んで犬を撫でくり回しながら「この子の名前は？」と聞いた。

「ジコ」

今度は返事があった。

「ジコ。おまえはジコかあ。うはは、そんなに舐めるなよ」

名前を呼ぶと、ジコは嬉しそうに桜彦に鼻面を押しつけてきた。濡れた鼻が冷たい。犬好きの人間がわかるのだろう。

「オジサンは、この窯でなにを焼いてるんですか？」

「……オジサンと呼ぶな」

不機嫌な声が言う。そう言われても、苗字を教えてもらっていない。こんなに歳が離れていては、克郎さんと呼ぶのは気が引ける。

「焼いてるのは、炭だ」

ぶっきらぼうな答えがあった。

「すみ？　炭って……備長炭《びんちょうたん》とかの炭？」

「備長炭はウバメガシ。俺の炭はコナラだ」

克郎は桜彦を見ないまま答え、窯口を少し開けた。中にぽっぽっと燃える熾《おき》が見える。

「ふうん。でも炭なんか焼いて、どうするんです？」

やっとこっちを振り向いた克郎が、眉を寄せて桜彦を睨む。なにか変なことを聞いただろうか。

「炭焼きが、仕事だ」

「仕事？　趣味じゃなくて？」

「……いいから、おまえは中に入ってろ。邪魔だ」

あからさまに邪険にされて、桜彦は唇を尖らせる。九重財閥の御曹司に失礼な——と思いはしたがさすがに口には出さない。遭難しかけた御曹司を助けてくれたのは他ならぬこの男なのだ。

そしていまひとつ、桜彦には聞かなければならないことがあった。

とてもとても大切なことである。

「あのー。僕、トイレに行きたいんですけど」

小屋の中には出入り口の扉しかなかった。ということは、屋内にトイレはない。

克郎が振り向きもしないで指を差す。

「え？　どこ？」

「居小屋《いごや》の裏だ」

居小屋、とは窯の横の掘っ建て小屋のことらしい。桜彦はガポガポと雪の中を進む。腕まで一緒にぐるんぐるん回し、勢いをつけて歩かないと、なかなか前進しない。雪さえなければものの数秒の距離なのに、やけに遠く感じられる。

居小屋の裏側に、やはりトタンを立てただけの目隠しがあった。扉らしきものはない。

まさかね、と思いながらもその後ろ側をヒョイと覗く。

「…………」

無言のままくるりと回れ右をして、桜彦は再びガポガポ歩き、窯の前に戻った。

「ちゃんとしたトイレは？」

「なんだって？」

屈み込んで窯を覗いていた克郎が、肩越しに振り返る。

「だから、フツーのトイレはどこ？」

逼迫《ひっぱく》する尿意に、言葉尻がきつくなってしまう。

「今教えただろうが」

「あっ、あれはトイレじゃない！　ただ地面に穴が開いてるだけじゃないかッ」

「穴だけじゃない。下に粉炭《こなずみ》を敷いてある。脱臭もするし、あとで肥料にもなる」

「そういうことじゃなくて……そもそも水洗じゃないじゃない！」

「あたりまえだろうが。水道も引けてないのに、水洗トイレがあるはずがない」

「ドアもないし、鍵もかからないっ。あんなのはトイレとはいえないっ」

水洗、ドア、鍵。これが桜彦にとっての、トイレの必要最低条件である。本来ならば洋式プラスウォシュレットも加えたいところだが、そこはまだ我慢できる。

「……あのな」

克郎は屈んでいた身体を起こし、桜彦を見下ろす。身長差は軽く二十センチはある。

「鍵だと？　バカかおまえは。ここは山の中だぞ、誰がおまえの排泄シーンを覗くってんだ？」

「き、気持ちの問題ですっ」

「はあ？　どういう気持ちだ」

「だから……、お、落ち着いてできないんだってば！」

「なに女みたいなこと言ってるんだ。立ちションよりはマシだろう。ああ、大のほうか？　それならそれで遠慮なく長居してくれ。俺は当分行かないから」

「小だよッ！」

これ以上この無神経な田舎者と話しても無駄である。

ちなみに立ちションなどという品のない真似をしたこともない。おむつが取れて以来、桜彦にとって排泄の場所は清潔なトイレに限られているのだ。ぷりぷり怒りながら石の小屋に戻りかけたのだが――自然の摂理には逆らえない。桜彦は扉の前で半回転し、結局粗末なトイレに向かうしかなかった。

出物《でもの》腫《は》れ物《もの》所嫌わず。昔の人は真理を知っていた。

トタンの後ろに隠れる前に、克郎を見る。

桜彦だって覗かれるなどとは思っていないが、やはり気になるのだ。真っ黒男は相変わらず窯の前に陣取って、煙を眺めていた。桜彦はトイレ……というか穴の前に立ち、意を決してファスナーを下ろす。確かに悪臭はないのだが、あまり下を見ないようにして用を足した。

「……ふん。なにが炭焼きだよ。そんなんで生計が成り立つわけ？　時代錯誤もいいとこだ」

文句を言いながら出すべきものを出す。してしまえばなんということはない。すっきりして、衣服を整えた。

足早にトイレを出て、いつもの癖で手を洗う場所を探してしまう。もちろん、水場などあるはずもない。仕方なく手近な雪を両手にすくった。

「ひゃっ」

冷たいなんてものではない。慌ててコートで手を拭《ぬぐ》う。

ふと気がつくと、ずいぶん日が暮れてきた。うなじを撫でる風はますます温度を下げている。全身の産毛が逆立って、桜彦は暖かな窯の前に急いだ。ちょうど克郎が、窯の口を更に広げたところだった。さっきよりも内部は赤々と燃えている。へえ、と思い覗き込もうとすると
「近づくな！」

と怒鳴られてしまう。反射的にビクッと震えてしまった。

「な、なに」

「危ない」

「ちょっと覗いただけだろ。……あの、赤いのが炭？」

「……そうだ」

克郎が片手で、桜彦を窯口から遠ざける。それほど乱暴な手つきではなかった。

「ふうん。これ、いつ出来上がるの？　これができるまで僕は麓に送ってもらえないんだろ？」

丁寧語を放棄して桜彦は聞く。九重家の跡取りとして普段から上品な言葉遣いを心がけているが、この意地悪な真っ黒オヤジにはそんなものは必要なかろうと判断したのだ。

「だから、連絡して迎えに来てもらえと言っただろう」

「迎えはいいんだよ、べつに。で、いつ手が空くの」

「あさってだ」

「あさって？」

正直、少し驚いた。遅くとも明日の朝には送ってもらえるのだろうと勝手に考えていたからだ。

「それ、なんとかなんないの？」

「ならん」

「半日くらい空けてくれないかなあ。お礼なら、ちゃんとするから」

仕事の手を止めてしまうぶんの労働対価は支払うべきだろう——桜彦としては気遣ったつもりの発言だったのだが、ぎろりと睨まれてしまった。眼光の鋭さに、それ以上は言えなくなる。

困ったことになった。

鈴香に心配をかけさせるという点では遅くなっても構わないが、まる二日も連絡が取れないとなればタマさんはさぞ心配することだろう。失敗した、タマさんにだけは連絡を入れてもらうようにすればよかった。後悔しながら、桜彦はフゥと息をつく。

「嫌みったらしい溜息をつくな」

「え」

　きつい目が桜彦を見据えていた。

「勝手に迷ったのは誰だ。自業自得だろうが。ここは水洗トイレしか知らない坊ちゃんの来るところじゃない」

「だ、誰が坊ちゃんだって？」

　もう十七である。他人に坊ちゃん扱いされるのは腹立たしい。桜彦を坊ちゃんと呼んでいいのは、ハイハイしている頃から面倒を見てもらっているタマさんだけだ。

「坊ちゃんがいやならお嬢ちゃんとでも？」

「なっ」

　桜彦の頭からつま先までを見下ろし、克郎はフンと鼻で笑う。

「俺の知る限り、まともな神経の男は毛皮がヒラヒラついたコートなんざ着ないね。パーティーだかなんだか知らないが、それは見栄っ張り女の着るもんだ」

「ぼ、僕がなにを着ようと僕の勝手だ！」

「ああ、おまえの勝手だよ」

　ふいと克郎は顔を背け、再び身を屈めて窯口を更に広げる。

「けどな、こっちにも都合ってもんはあるんだ。金さえ出せば、なんでも自分の思う通りになると思ったら大間違いだ。それだけはよく覚えとくんだな」

「なんだよ、それ。誰もそんなこと言ってない！」

「そうとしか聞こえない」

「だから、」

「いいから、さっさと戻ってろ。役立たずにうろちょろされると仕事の邪魔だ」

吐き捨てるように言われる。桜彦は反論しようと口を開けたはいいが、怒りのあまり言葉が出ない。風に吹き上げられた雪が口の中に入り、舌の上でスッと溶けただけだった。

立ち尽くす桜彦の周囲を、ジコがぐるぐると回りだす。どうしたの、なにがあったの、なんか揉めてるの。そう問うように、つぶらな瞳に見上げられた。

桜彦は踵《きびす》を返し、ずんずんと歩いて石の小屋に戻った。

むかつく、むかつく、むかつく。

なんてオッサンだ。人の好意を勝手に曲解して不機嫌になって、挙げ句の果てには邪魔者扱い。いい大人のくせに、失礼にもほどがある。

怒りのままに勢いよく歩いたせいで、桜彦は途中二度転びかけ、一度は本当に転んだ。顔からズボリと突っ込んで雪まみれになったが、怒りのせいで冷たさはそう感じない。ジコが「へいき？」とでも言いたげに耳元でクゥンと鳴いた。

小屋に戻るとバサリとコートを脱いだ。

そしてぐるぐると小屋の中を歩き回る。

といっても狭いので三周もすると気持ちが悪くなってしまい、慌てて逆に回ったりする。ジコは尻尾を振りながら桜彦の真似をしている。

「おい、僕はべつに遊んでるわけじゃないんだぞ」

「ワフッ」

犬語はわからないが、ジコは楽しそうだった。

その様子を見ていると、むかついていた気持ちも次第に穏やかになってくる。

桜彦は大の犬好きなのだ。大好きだからこそ自宅では飼っていない。桜彦の犬だというだけで、鈴香や舜也たちに悪戯でもされたら可哀想だからだ。

「……おまえは可愛いけど、おまえのご主人様はやな奴だな」

板の間にぺたりと座り込んで、ジコを抱きしめながら言う。つぶらな瞳がなんともいえず愛らしい。たぶん雑種で、秋田犬が入っていそうだ。いつか自分の家が持てたら、洋犬ではなく、こんな和犬を飼いたいと桜彦は思う。

「人をなにもできない坊ちゃん扱いしやがって……いや、そりゃまだ高校生だから、自分の食い扶持《ぶち》を稼いでるわけじゃないけどさ……」

ジコがクゥと相づちを打つように小さく鳴いた。

「でも、そうお気楽な身分でもないんだぞ？　父さんが倒れてからこっち、家の中はゴタゴタしっぱなしだし」

「クゥン」

「鈴香にははめられるしさ……。舜也だって油断ならない。父さんの血を引いていなくたって、九重姓を名乗ってるんだから口を出してくる可能性は大きい」

舜也は二十一歳の大学生で、戸籍上では桜彦の兄に当たる。桜彦が物心ついた頃にはもう家を出ていた九重家の女主人、九重百合子《ゆりこ》が愛人との間に作った子供であり、現在は都内の高級マンションにひとりで住んでいる。

妻の浮気を父は最後まで責めなかった。

なぜなら、自分も人のことを言えた立場ではなかったからである。

「乱れてるよな……オトナって汚い」

「ワッフ」

べろん、と顔を舐められる。犬相手に愚痴を零している自分が情けなくなってきた。濡れた頰を拭きながら、桜彦はふと思いつく。

そうだ、働けばいいのだ。金でなんでもすませる役立たず——あの真っ黒男にそう言わせないためには、労働力を提供すればいいではないか。

炭焼きがなにをするのかは知らないが、少なくとも窯の前は暖かいし、炭というのは軽いものだ。そうきつい作業ではないだろう。桜彦だって一応、高校のマラソン大会で五キロは完走できる若者である。

あらためてあたりを見回す。

「お、ちょっと拝借」

衣類の積んである山の中から、雑巾になりかけているタオルと軍手、そして厚手のジャンパーを見つけた。

ドレスシャツの上にジャンパーを着込み、タオルをマフラーよろしく首に巻く。スラックスはそのまま、さっきと同じように長靴を履き、軍手をはめる。ついでにそのへんに置いてあった黒いニット帽も被った。これはかなり暖かい。

「よし。これで立派な労働者だ」

ジコを伴い、再び雪の中に出る。威風堂々、胸を張って歩こうと思うのだが、やはりガッポガッポと歩きにくい。

窯の前まで行くと、細い原木をまとめ、縄で縛っていた克郎が顔を上げた。

怪訝《けげん》な目が向けられる。

「……なんの真似だ」

「借りた。なかなかあったかいな、このブルゾンは。どこのブランド？」

「どういうつもりだと聞いている」

「労働力の提供。さあ、オジサン、なにを手伝えばいい？　遠慮せずに言ってよ」

克郎は、固まっていた。

表情を変えないまま、ぶかぶかのドカジャンを着た桜彦をじっと見ている。ふたりの間は二メートルほど離れていて、その間をジコが嬉しそうに行ったり来たりしていた。

「どうしたんだよ。なんでも言っていいぞ。オジサンと違ってこっちは若いんだから」

桜彦がせっつくと、克郎は一度下を向き、咳《せき》でもするかのように軍手のはまった手で口から下を覆った。あんなふうに、炭で汚れた軍手で顔を触るから真っ黒になるのだなと桜彦は悟る。

やがて克郎は、顔を上げて「なんでも手伝ってくれるのか？」と念を押す。

「そう。オジサンは命の恩人だしね」

「そうか。それじゃ……これを頼む」

「わっ」

いきなり大きな刃物を向けられて、つい後ろに下がってしまった。

「なんで逃げるんだ」

「に、逃げてない。なにこれ、オノ？」

「ヨキだ。これで、そこの木を割ってくれ。……もちろん、できるよな？」

できるかそんなもん。僕は与作《よさく》じゃないんだ、木なんか切ったこともない、鉛筆だってナイフじゃ削れないんだぞ――と、心の中では即答したものの、桜彦の口は意地っ張りだった。

「つまり、薪割りだよな？　いいとも。任せろ」

「これくらいの太さに揃えてくれ」

手近にあった原木を渡される。

「えー、あー、一応、やり方だけ教えてくれる？」

「ああ。こうだ」

克郎はヨキ、と呼んでいた小ぶりの斧を振り上げ、勢いよく原木に向かって下ろした。

パァンと小気味よい音を立てて、原木が縦方向にあっさり割れる。なんだ、簡単そうだと思った。

克郎はそう力んでいる様子もない。

「わかったか」

「うん」

あらためてヨキを受け取り、その重さに少したじろぐ。なんだこれは。今時いろいろ金属もあるんだから、もうちょっと軽く作れないものだろうか。包丁みたいにセラミックとか……。

「よいしょ……っと」

原木を立てる。作業場は窯の前なので、寒さはさほどではない。

立ち位置を何度か調整し、桜彦はヨキを振り上げた。それだけで少しふらついてしまう。使い慣れていないので、どうバランスを取ったらいいのかわからない。

「ああ、それから」

「えっ」

腕組みをして桜彦を眺めつつ、克郎がつけ足しのように言う。

「それで足の指を落とす奴がたまにいるから」

「………」

思わず桜彦は、長靴の先を見てしまう。

「狙いを間違えるなよ。かといって、へっぴり腰じゃ生木《なまき》は割れないからな」

「……わかった」

「まあ、若いんだから、それくらい楽勝だろうな」

「も、もちろん。……いいから、オジサンは自分の仕事してなよ」

見られていると、いつまで経ってもヨキを振り下ろせない。克郎が窯の前に戻り、視線を自分から外すのを確認して、桜彦は深呼吸をした。

原木を見据える。

狙いを定めて、思い切り……いやでも間違って足にヨキが当たったら、ああ、だめだ、腰が退けている。怖がるからいけないんだ、こういうことは、勢いが必要なのであって、勢いがあるからこそ、足の指がなくなってしまったり――

くそ、びびってたまるか。

「おい、無理しないで……」

「ふんがっ！」

克郎が声をかけてきたのと、意を決した桜彦がヨキを振り下ろしたのはほとんど同時だった。

原木は見事にまっぷたつに——なろうはずがない。

立てた時とまったく同じ姿のままだ。

そして原木の代わりに切れたものがあった。

長靴。

桜彦の長靴の先に、ヨキの刃が食い込んでいる。

ワウッ、とジコが大きく吠える。

「おい！」

克郎の大声が耳に届いた。だが桜彦はヨキを振り下ろした姿勢で固まったまま、返事もできない。

「ヨキを放せ！」

「う」

飛んできた克郎にヨキの持ち手を奪われた。克郎はヨキを動かさないようにしたまま、雪に這《は》い蹲《つくば》って長靴の先を見る。桜彦は相変わらず彫像のように、動けない。

克郎が「ん？」と小さく呟き、食い込んでいたヨキを取り去った。

その途端、桜彦の足の先から噴き出す血潮《ちしお》——は、なく。

「長靴だけだ」

「……へ？」

克郎が立ちあがり、呆れた視線で桜彦を見る。

「でかすぎるのを履いてて助かったな。長靴の先が切れただけだ。おまえの足はなんともない」

その言葉を聞き終わるや否や、へなへなと腰が砕けた。

尻餅をついた桜彦の靴先を軽く蹴飛ばし、克郎は「ほら、動かしてみろ」と言う。こわごわ足首から先を上げてみる。

動く。痛みもない。切れてないんだから、あるはずがない。

「まったく……できないならできないと言え。本当に指がなくなったらどうするつもりだ」

「で、できる予定だったんだ……」

「もういい。坊ちゃん風情《ふぜい》に頼んだ俺がバカだった。小屋に戻ってろ」

腰を抜かしたまま、それでも桜彦はふるふると首を振った。

「て、手伝う」

「あのなあ、だから、」

「手伝わせてくれよ……で、できることあんまないかもしれないけど、が、頑張るから」

顔を上げて言うと、克郎がフーと大きな息をついた。呆れているのがありありとわかる顔をしている。呆れて当然なので、桜彦は何も言えない。

大きな手が、桜彦の顔の前に伸ばされる。立て、ということらしい。

その手を借りて、よろよろと桜彦は立ちあがった。克郎は「来い」と短く言うと、細い原木が積んである小山の前に桜彦を誘《いざな》う。

ひっくり返した木のリンゴ箱を椅子代わりにして、まず克郎が手本を見せた。今度の刃物は、ヨキより小さい。

「これで、小枝を払ってくれ。こうして、しっかり支えて……あまり力まないで、ナタの重みを利用する。……わかるか？」

「う、うん」

やってみろ、と言われて今度は桜彦がリンゴ箱に腰掛ける。

軍手をした手にナタをしっかり握り、克郎を真似てみた。最初はうまくいかず、払うべき小枝はそのままで、まったく関係ないところにナタが入ったりする。

「ゆっくりでいい」

「うん。……あたッ」

払った枝が飛んできて、桜彦の頬を掠めた。だがちょうど力の入れ具合を摑みかけているところなので、そんなことは気にしていられない。

「適当なところで、やめていいから」

「うん」

返事はしたが、克郎の顔を見る余裕はなかった。

ナタで、小枝を払うだけ——こんな単純な作業が、どうして難しいのだろう。

桜彦は悔しかった。簡単そうなのに、できない。

そんな自分が情けなかった。むきになって作業する。五本、十本、十五本……そのあたりでどうやらリズムらしきものがわかってくる。

いつの間にか、夢中になっていた。

むきになると夢中になるは、似ているようでだいぶ違う。

スパッ、スパッとナタが入る感覚が気持ちいい。小枝を取り除いたぶんが、少しずつ増えてゆくのも嬉しい。最初は怖かったナタという道具が、少しずつ手に馴染んでくる。僕ってば、なかなかうまいじゃん……心の中で自分を誉める。チラリと克郎を見ると、向こうも桜彦を見ていて慌てて目を逸らす。次第に手が痛くなってきたが、やめなかった。

ちょっとした小山程度の作業量をこなした頃には、あたりはすっかり暗くなっていた。

それでも窯の前は明るい。

窯口がすっかり開けられて、中が煌々《こうこう》と燃え盛っているからだ。

「すご……」

思わず腰を上げ、克郎のすぐ後ろに立つ。

赤ではない。いや、赤なのだけれど、ただの赤ではない。きらきらと、黄金《こがね》に輝く赤なのだ。こんな色を、桜彦は見たことがなかった。

「危ないから、あまり近づくな」

「う、うん」

言われなくてもそうは近づけない。窯の前はものすごい熱気である。克郎は炭を掻き出す棒を片手に、信じられない距離まで窯に寄る。そんなに近づいたら、髪が燃えるんじゃないかというほどだ。そして灼熱色の炭を掻き出し、それに灰のようなものを混ぜて火を消していく。

「かけてるの、なに？」

邪魔にならない位置で、聞いてみた。

「スバイだ。砂と灰を混ぜてある。白炭《しろずみ》はこれをかけて消す」

「白炭？　炭なのに、白？」

「そうだ。黒炭《くろずみ》は、窯の中で密閉して火を消す。軟らかくて火のつきはいいが、長時間は燃えない。キャンプなんかで燃料にする炭だな。だが、白炭は」

ゲホッ、と克郎が咳き込んだ。

作業しながら喋らせてしまったせいだ。桜彦は慌ててそばにあったやかんを持って近づいたが、ごうっ、と襲いかかるすごい熱気に思わず顔をしかめてしまう。

「こら、眉毛が焼けるぞ」

克郎の強くて太い腕に肩を抱かれ、炎から遠ざけられた。

その身体から煙と汗の匂いを感じたが、いやな気分にはならない。やかんを渡すと「ああ」とだけ言って、ぐびぐびと直接水を飲んだ。そしてポケットから干した梅干しを取り出して口に入れる。ただならぬ量の汗をかくので、塩分の補給が欠かせないのだろう。

……こういう父親も、それはそれでかっこいいのかもな。

そんなことを考える。

桜彦の父は家や子供を重視するタイプではなかった。はっきり言えば、家庭を無視していた。たまに顔を合わせても、話すことがない。稀《まれ》に、学校の様子などを聞かれもするが、桜彦のほうもあたりさわりのない返事に留《とど》めるだけだった。鈴香や舜也も、同じようなものだ。父自身も、家より会社のほうが落ち着くのだろう。会社近くにマンションもあるので、帰ってくる日は月に数日しかなかった。

入院したと聞いた時にはもちろん心配したが、容態が安定してからはせいぜい週に一度、顔を出す程度だ。……冷たい息子なのかもしれない。

「白炭は硬くて、火持ちがいい。鰻屋《うなぎや》なんかは、必ず白炭を使う」

途中で止まっていた説明を、克郎が再開した。とつとつと語っているようで、奥底に自分の仕事に対する誇りが感じ取れる。

「ほら、見ろ。……こんなふうに、形が崩れないしっかりとした炭が焼けるようになったのは最近だ。それまではずいぶん屑炭《くずすみ》も焼いた」

「そんなに難しいもんなの?」

「煙の様子だけで、窯の中を察しなきゃならないからな。窯出しの日は徹夜だ」

「窯の中に温度計とか、つければいいのに」

桜彦の言葉に、克郎は一瞬目を丸くして、次にふっと眦《まなじり》を下げた。この男が笑うのを見たのは、初めてだった。

「中は千度を超すんだぞ。温度計なんか役に立たたん」

「あ……そっか」

「それにな、数字だけじゃわからないものがあるんだ。さあ、もっと下がれ。次のを掻き出すぞ」

桜彦は言われた通り、安全な場所まで下がった。

窯の前は灼熱。少し離れれば零下の雪の中。

その温度差に、なにもしていない桜彦でもクラクラしてくる。炭はいっぺんに掻き出してはならないらしいから、これが明け方まで続くのだろう。となると、相当きつい仕事だ。ついさっきまで「楽勝じゃん」と考えていた自分が恥ずかしくなった。

やがて、すべての炭が掻き出された。

黄金に輝く炭は、桜彦を不思議に魅了し、結局最後まで見学してしまった。もう明け方に近い。

少しふらつく頭を押さえながら「やっと終わったねぇ」と声をかける。

「まだだ。これから立て込みがある」

「立て込み？」

「次のぶんの原木を並べるんだ」

「うそっ。だって、窯の中、まだすごく熱そうだよ？」

そうだな、とまっくろくろすけが事もなげに言う。炭を掻き出す合間に篩《ふる》い分《わ》けをしていたので、まさしく炭のように真っ黒である。そして、できる範囲で手伝っていた桜彦も、実はまっくろくろすけその二、になっていた。

「まだ五百度くらいはあるだろうな。だが窯を冷やしちまうと、いい炭が焼けない。こいつを使って、奥から並べていくんだ」

先端が二股になっている棒を持って、克郎は窯のすぐ前まで移動した。見ている桜彦までが熱くなってきそうだった。

いや、実際熱い。なんだか額がポッポと熱い。

窯の近くにいるせいかなあと、離れてみる。変わらない。おかしいなあ、と雪をすくって額に当ててみた。冷たくて気持ちがいい……すごく、気持ちが……

「おい、もういいから、おまえは休んで……」

世界が、回る。ぐるぐると。……ああ、やはり地球は回っていたのだ。

「桜彦！」

あ、初めて名前で呼ばれたなあ。

そんなことを思った次の瞬間、今まで丸くなって眠っていたジコがワンッと鳴いたのが聞こえた。

そしてそこで、桜彦の記憶はぷつりと途絶えた。

2

誰かが顔を拭ってくれている。

熱く火照る額に、ひんやりとしたタオルが気持ちいい。

桜彦はぼんやりと思い出す。子供の頃、熱を出すとタマさんがこんなふうにしてくれた。母親にしてもらった記憶はない。逆に、母親にしてあげた記憶ならばある。

母親に会うのはいつも病院で、彼女はよく熱を出した。

発熱のせいで潤んだ目で桜彦を見て、いつも小さくごめんね、と言った。ごめんねごめんねと、何度も謝った。

桜彦はどう答えたらいいのかわからなかった。洗面所で自分のハンカチを濡らして戻り、ぺたりと母の額に当ててやった。母は辛そうな呼吸の中、それでも微笑んで言ってくれた。

「……ありが、と……」

「気がついたのか？」

声をかけられ、瞼を上げる。

夢とも思い出ともつかぬシーンの母のセリフを、桜彦は自分で呟いていたようだ。まだはっきりしない視界に映るのは、真っ黒顔の男。

「あれ……僕……」

「動くな。熱があるんだ。……水を飲むか？」

「うん……」

そっと頭だけを起こされて、湯飲みを口に当てられる。喉は渇いているのに、うまく飲むことができない。少し零して布団を濡らしてしまった。

「あ……ごめんなさい……」

「いい、気にするな。寒くないか」

小さく頷く。電気もガスも来ていないはずなのに、不思議な床暖房システムのおかげで寝床はほかほかと暖かい。

「――悪かった」

「え」

「半日前に雪の中で倒れていた奴に手伝わせたりして……俺がバカだった。すまない」

「そんなの……僕が勝手に、手伝ったんだよ……オジ……克郎さんは、何度も小屋に戻ってろって言ってくれたじゃない」

「引きずってでも戻すべきだった」

「そんなのやだよ……それに、僕も、楽しかった……」

そう言うと、克郎が眉を寄せる。意味がわからないらしい。

「だからさ……炭焼きの仕事見てるの、面白かった。あんな綺麗な色で焼けるんだ、炭って……。ぜんぜん知らなかった。炭なんてのは、なんかのついでにできる焼けカスみたいなものかなって思ってたから……あ、ごめん」

「いや」

額のタオルを克郎がひっくり返してくれる。

そんなことより、自分の顔を拭けばいいのにと思ったら少し可笑しくなって、桜彦はへへと笑った。なんだ、と聞かれてなんでもないと答える。

「熱が下がったら、麓まで送っていく。それまでゆっくり休んでろ」

相変わらず素っ気ない声なのだが、本気で心配してくれているのはわかった。なんでだろうと考え、克郎の顔を見て気がつく。

目が優しいのだ。

強い眉とくっきりとした眦なので、睨まれればかなり怖い。だが今桜彦を見下ろしている瞳の色合いは、とても優しい。

幼い頃から、大人の顔色を窺ってばかりいたから、こういうことはよくわかる。更に、その目鼻立ちをじっくりと見るにつけ、実は結構若いのかもしれないなと思えてきた。

次に目が覚めたら歳を聞いてみよう……今はちょっと眠すぎる。克郎の眼差しに見守られながら、桜彦は再び眠りの淵に落ちていった。

＊＊＊

運動神経はよくないし、一見弱々しい身体つきではあるが、基本的に健康体の桜彦である。でなければ遭難しかけた直後に労働力提供、などとは言いださない。さすがに温度差の激しい場所で夜明かししたのはこたえたが、発熱も次の日の夕刻には治まった。

働いた。熱が出た。ずっと寝ていた。

となれば、当然猛烈に腹が減るのである。桜彦は発熱くらいで胃が弱ったりはしない。十七歳、育ち盛り。やっぱり野菜よりお肉が好きなお年頃——なのではあるが。

「どうした。食え」

「あ……ウン」

目の前にあるのは焼き鳥である。もちろん炭火焼き、しかも炭は自家製。香ばしくジリジリと焼ける地鶏。とてもとてもとても美味しそうではあるが——

問題は桜彦が鶏の生前の姿を見てしまっていることである。

ついさっき、トイレに行く時に窯の前……窯庭というそうだ……で、コケ？ と小首を傾げていたのだ。目も合ったような気がする。

「源さんが持ってきてくれたんだ。いい鶏だぞ」

「う……うん、いただきます」

絞めた場面を見たわけではない。が、想像してしまうのだ。イマジンなのだ。

ぐずぐずしていると克郎に勘づかれてしまう。また坊ちゃんはこれだから、と言われるのは悔しい。えいや、と串に刺さった肉を口に入れ、咀嚼《そしゃく》する。

……じゅわっと広がる、肉汁。

皮の香ばしさ。嫌みのない脂の甘み。

さっきまで生きていた、雪の上を元気に跳ねていた、鶏さんよごめんなさい——桜彦は心中で謝りながら、はぐはぐと夢中で食らいついた。

旨い。旨すぎる。こんな旨い肉にはお目にかかったことがない。

味つけは塩とレモンだけというシンプルさ。なのに東京の三つ星レストランのソテーにも引けを取らない。下手をしたらこっちのほうが旨いかもしれない。

「飯も食え」

「んっ」

土鍋で炊いた、大きなおにぎりを摑む。海苔《のり》もなく、握っただけのピカピカの白い塊《かたまり》。こんな大胆なおにぎりはマンガでしか見たことがない。そしてこれがまた、信じられないほどに旨いのだ。

なんだかもう、涙が出そうなほどに旨いのだ。

「おい……坊ちゃんなんだろ、もう少し落ち着いて食えよ」

「ぼ、坊ちゃんなんかじゃ……むぐっ……」

食べるのに忙しくて反論する余裕もない。

たかだか十七年の人生ではあるが、普通の高校生よりもかなりハイレベルな食事をしてきたはずだ。日々の食卓にしても、素材はどれも一級品だし、タマさんの腕も確かだ。

誕生日には自宅にシェフを招き、学友を集めてのパーティーもする。

キャビアにフォアグラ、なんでもござれだ。大きな声では言えないが、ワインも中学生の頃から嗜《たしな》んでいて、たぶんそのへんのエセっぽいヤンエグより舌は肥えている。

だがしかし……いったい、今まで自分が食べてきたものはなんだったのか。

「ほら、顔に飯粒がついてる」

はす向かいで胡座《あぐら》をかいている克郎が腕を伸ばし、顎についた米粒を取ってくれた。そして当然のようにそれを自分の口に入れてしまう。もちろん、単にお米の一粒も粗末にしないというだけなのだろうが、なんとなく恥ずかしくて、桜彦は更にもしゃもしゃと食事に没頭する。

「旨いか」

口の中が満室状態だったため、コクコクと頷く。

克郎はそうか、と満足そうに頷き、自分も豪快に鶏肉を囓《かじ》った。炭焼き仕事は終わったので、さすがにもう顔は黒くない。髭の部分を除き、だが。

「……あっ」

突然桜彦は思い出す。

「なんだ」

「あの……なんだっけ、立て込みだっけ。続けて炭を焼くって言ってなかった……？」

「ああ。いいんだ」

「いいって……」

「どうせ年内には麓に下りる予定だった。明日は途中で村営の温泉に寄っていこう。ここには風呂もないからな」

桜彦は俯いた。

自分のせいだ。自分が倒れたりしたから、克郎は窯の熱が冷める前に立て込みを終わらせることができず、炭焼きを取りやめてしまったのだ。

「ごめん……」

「なんだ、温泉は嫌いなのか」

「そうじゃなくて……結局僕、克郎さんの仕事を邪魔しまくってるし……」

「気にするな。アクシデントには慣れている」

「でも」

「いいから食え。食ったら寝ろ。明日は早くに出るぞ」

ぶっきらぼうな調子に、むしろ救われる。

源さんの言っていた通り、克郎は優しい男だった。遭難しかけた時はどうなることかと思ったが、ここで克郎に出会えて、珍しい仕事場を見せてもらい、こうして美味しい食事にありつけている。よくよく考えてみたら、滅多に体験できることではないだろう。悪事を企んだ鈴香に、ほんの少しだけ感謝しかけ、いやいやそれとこれとは話が別、と自分を諫《いさ》めた桜彦である。

その夜は、本当に早寝だった。

一組しかない布団を桜彦に与え、克郎は座布団を枕に予備の毛布にくるまる。寝る場所はふたりとも、例の床暖房エリアだ。下に練炭《れんたん》が敷いてあるので暖かいのだと克郎が教えてくれた。

「韓国《かんこく》のオンドルみたいなものだな。ただし換気に気をつけないと二酸化炭素中毒になる」

すぐ隣に寝ているので、克郎の声が近い。

「炭焼きって……楽しい？」

「ああ」

最低限の答えだが、そこにすべての気持ちが込められているのがわかる。

あくまで仕事の一部を垣間見ただけの桜彦にも、炭焼きのきつさはわかった。いってみれば、極寒の中での、灼熱地獄だ。それでも克郎は楽しいと言う。きっとそれは嘘ではない。

「炭焼きも好きだが、なにより山がいい」

「山……」

「山には、すべてがある」

どこか誇らしげな口調だった。

声だけ聞いていると、やはり若い。四十代はなさそうだ。三十五、六なのかもしれない。

「でも……水洗トイレがないじゃん」

ふざけ半分でそう言うと、腕が伸びてきて軽く頭をはたかれた。

そのあとで、ぐしゃぐしゃと髪を掻き混ぜられて桜彦は閉口したが、どうやら克郎としては頭を撫でているつもりらしい。

「よくやった」

「え」

「おまえは、よく働いた。知ってるぞ、指の付け根、皮がめくれちまってるんだろ。慣れてない道具使って、ちゃんと最後まで頑張った。えらいぞ」

「な、なんだよ、子供じゃないんだぞ」

「十七は子供だ」

頭を撫で続ける、やや乱暴な手が気持ちいい。

胸のあたりまでほこほこした気分になる。自分が犬コロにでもなったような気もするが、まあ許してやろうと思う。指の付け根のじんじんとした痛みまでも誇らしく感じる。この程度の作業で、と言われるのがいやで隠していたのだが、お見通しだったわけか。

変な奴。でも嫌いじゃないかも。

そんなことを考えながら、桜彦はいつの間にか眠ってしまった。

その夜は、夢も見なかった。

＊＊＊

翌日は、小気味よいほどの青空が広がっていた。

「うっわ……綺麗……」

青空の下で、白の世界がきらきらと輝いている。眩しくて、まともに目を開けていられないくらいだ。輝く、ってこういうことを言うんだなあと桜彦はあらためて思う。

「行くぞ」

「うん」

「ワンッ」

暖機を終えた四駆にふたりと一匹は乗り込んだ。

桜彦は克郎の縮みすぎたジーンズの裾を折り、ウエストを絞って穿き、やはり縮みすぎたセーターを被り、上着代わりに綿入れ半纏《はんてん》を着ていた。黒いニット帽も気に入ったのでそのままだ。高級スーツとコートは全部風呂敷包みに入っている。

「なに。なに見てんの」

サングラスをかけた克郎は、運転しながらチラチラと桜彦を窺っている。

「いや……そうしていると、田舎の子みたいだなと」

「しっつれーだな！　僕の住民票は泣く子も黙る東京都港区《みなとく》だぞ！」

反論しながらも、実は自分の半纏姿がわりと気に入っている桜彦である。

克郎はさすがに雪道の運転に慣れていて、危なげなく山道を下っていく。

あの石の小屋ともお別れかと思うと、なんだか少しさみしい気がした。たったの二泊しただけなのだが、やたらと内容の濃い時間だった気がする。

「温泉に着いたらまず家に電話しろよ。心配してるはずだ」

「ん。そうする」

まずはタマさんに連絡だ。もし鈴香がいたら「ちょっと雪山で遊んでました」としれっと言ってやろう。この程度で桜彦をへこませられると思ったら大間違いなのだ。

温泉には、三十分程度で到着した。

山小屋風の外観は思ったより新しい。温泉そのものは昔から地元の人たちに愛用されていたのだが、建物はまだできて三年なのだそうだ。

「この時間なら、ほとんど貸し切りだろう」

ボランティアで受付をやっているというお爺さんにジコを預け、ふたりは脱衣所に向かう。

克郎の予想は当たっており、脱衣籠は全部空っぽだ。

「わー、温泉初めてなんだよ。なんかちょっと変な匂いがするなあ」

人前で裸になる機会などまずない桜彦は、実のところ克郎と一緒に風呂に入るのが少し恥ずかしかったのだが、そんなことを言ったら笑われるのは目に見えている。あえて平気な素振りで、てきぱきと服を脱いでいった。

「硫黄泉《いおうせん》だからな。温泉は旅行なんかで入ったことないのか？」

「うーん。ない。旅行とか、あんま行かないし」

「家族で出かけたりしないのか」

「しない。あっ、でも夏休みに学校の友達が別荘に呼んでくれた。暖かいとこだったから、温泉はなかったけど」

「へえ。おまえの友達の別荘っていうとハワイあたりか？」

「ううん、ニース」

楽しい旅行だったが、仲のいい友人の家族を見ているのは少しつらかった。

「……ニースねえ。ま、ニースもいいとこだろうが、この温泉もなかなかだぞ。俺も一週間ぶりだからよく洗わないと……」

「ええっ！」

一週間って、そんなのあり？　と、思わず横を向いた瞬間、克郎の裸体が視界に飛び込んできた。

すごい――桜彦は言葉を失う。

盛り上がった肩の筋肉。腕の力強さ。腹はもちろん板チョコのように割れている。いつの怪我だろう、背中にはひきつれた傷痕があった。それすら克郎の肉体にはアクセサリーのように似合っている。

マシンとプロテインで作ったボディではない。

どこまでも実用的な、男の身体。

もし無人島で暮らさなければならないとしたら、この男を選べば間違いないという気にさせる。

「そんな目で見るなよ。毎日一応身体は拭いていたから、そんなには汚くないんだぞ。あちこち黒いのは、炭のせいで」

「あっ……いや、その……うん」

最後の一枚を克郎が脱ぎ、咄嗟に桜彦は視線を逸らす。

それでもチラリと見えてしまったのは……自分とあまりに違う質量のそれ。

べつにその部分に男たるアイデンティティーなど見いだしてはいない桜彦だが、やはり気にならないと言えば嘘だった。

うわーうわーうわー。

混乱気味の頭は、温泉に入る前からのぼせそうだ。

「行くぞ」

「う、うん」

小さなタオルを手に、内湯へと続く引き戸を開ける。

露天風呂もあるのだが、まずは身体を綺麗に洗わなければならない。克郎はカミソリを受付で購入していたから、髭もさっぱりと剃る気なのだろう。

ふたりは間をひとつ空けて、それぞれカランの前に陣取る。

「ひゃー、気持ちぃー」

三日も髪を洗わなかったことなど、桜彦の記憶では初めてだ。それだけに地肌を走るお湯の感覚がたまらない。頭のてっぺんからつま先まで、これでもかという勢いで洗い上げた。蛇口から出るお湯もすべて天然温泉だそうで、やや白濁した湯だった。さっき眺めた成分表には美肌効果も謳《うた》われていて、なるほど肌がいつもよりつるつるしている感じがある。自宅でエビアンを飲みながら、お気に入りの入浴剤を溶かした風呂に浸かるのも好きだけど、こんな素朴な温泉も味わい深い。

「先に露天行ってるよ？」

「おう」

顔の下半分を石鹼で泡だらけにしながら克郎が答えた。前をタオルで隠し、桜彦は滑らないようにひょこひょこと急ぎ足で露天風呂に向かう。

「ううっ、さ、さむっ」

引き戸を滑らせると岩風呂が見えた。今日は風もほとんどない好天だが、それでも周囲は雪に囲まれているのだ、一気に全身に鳥肌が立つ。

それだけに、湯に浸かった時の心地よさときたら——

「ぷはー……ああ～、ごくらくぅ～」

我ながらベタなセリフだが、自然に口から出てしまったのだから仕方ない。桜彦は痛くなさそうな岩を選び、そこにタオルを敷いて頭を預ける。

「ふぃ～」

空が眩しい。

目を閉じた。雪の香りがする……ような気がした。清涼で柔らかく、どこか白を連想させる香り。きっと雪の香りなのだろうと、勝手に決める。

両手両足を伸ばす。

お湯の浮力で身体がゆらゆら揺れる。こんなにリラックスするのは久しぶりだった。口までぽっかりと開けて、完全に弛緩《しかん》する。

ガラリ、と音がした。

ああ、克郎が来たんだなと思ったが、なにしろ弛緩しまくっているのですぐに反応できない。まるで温泉に酔ってしまったかのようだ。

「ちょうどいいお湯だな」

「うん……すっごい気持ちいい……温泉がこんなにいいものだとは思わなかった……」

「はは。そいつはよかった」

珍しく笑ったその顔を見ようと、桜彦は横を向く。

胸までお湯に浸かり、両肘を石に乗せるようにしていた克郎もこちらを向く。

……そして桜彦は固まった。

「どうした。なに変な顔をしている」

誰だ、これは。

声は、声は確かに克郎なのだけれど――

「あ、あの」

きりりとした眉。

男らしさと色気を併せ持つ、強い印象の目。

鼻はこんなに高かっただろうか。

口元はこんなに引き締まっていただろうか。

濡れた髪をオールバックのように掻き上げ、克郎は綺麗な額を露出している。肌にも張りがある。

どう見てもオジサンではない。お兄さんだ。

しかも、東京でだって滅多にお目にかかれない美男子である。

「なんだよ」

ギュッと絞ったタオルを頭に載せて、美男子が聞く。

「あの……克郎さんて、な、何歳なの？」

「二十八だ。……ははあ、おまえ、俺がもっと歳だと思ってたんだろ。なにしろオジサン扱いしてたくらいだもんな」

「だ、だって、髪はぼさぼさだし、顔は真っ黒だし、あの髭も」

「炭焼きの間は髭なんざ構ってられんからな。ま、どっちにしろおまえとは十以上違うんだから、オッサンだろうさ」

そんなことないって。だって克郎さんめちゃくちゃかっこいいじゃん。ちゃんとした格好で渋谷《しぶや》あたり歩いたら、あっという間にモデル事務所のスカウトマンが集まってくるよ。きっと名刺でトランプができるよ。

……などと言われても、克郎はきっと嬉しくないだろう。

この男は上面を誉められて喜ぶタイプではない。むしろ、そんなどうでもいい部分しか誉めるところがないのかと、機嫌を悪くするはずだ。たった三日のつきあいでもなんとなくわかる。

「ふう」

少しのぼせたのだろうか、克郎は淵に腰掛けて空を仰ぐ。

桜彦はこっそりと、その横顔に見とれた。

喉仏のラインまでが、格好よく見えてしまう。自分は十年後、こんな身体を手に入れることができるのだろうか——どう考えても無理な気がする。

ちょうどその時、垣根を隔てた女湯から数人の若い女性の声が聞こえてきた。

若い、といっても桜彦よりは年上、おそらくは二十歳《はたち》前後だろう。きゃあ、さっむーい。ねえねえ早く入ろうよう、とはしゃぐ声が届く。

「お、スキー客が流れてきたのかな」

「あ、うん……」

克郎がこちらを向いたので、慌てて視線を逸らす。

「なんだ、どうした」

「なんでもないよ」

「おまえ、もしかして」

小さく呟き、克郎がお湯に戻って近寄ってくる。じっと見ていたのがばれてしまったのだろうか。同じ男に見とれるなんて、どうかしている。桜彦は耳まで赤くして俯いた。

「まあ、年頃だよな、そういう」

「え、な、なに」

「隠さなくてもいい。一種の生理現象だ」

最初は、なにを言われているのかわからなかった。問うように克郎を見ると、ますます近づき、内緒話をするように、桜彦の耳に唇を寄せた。

どきん、と心臓が高鳴る。

「女風呂を意識したら、反応しちまったんだろ?」

言葉と吐息が耳に触れた刹那《せつな》、桜彦の身体に今まで知らなかった類の戦慄が走る。産毛をそっと逆撫でされるようにぞくぞくしてしまい、思わず克郎から顔を背ける。

「若いよな……まあ十七なら、仕方ない」

「ちが……」

「今時の高校生だ。彼女くらいいるんだろ？」

「い、いないよ、そんなの」

本当だった。学校は男子校だし、近隣の女子校生からも、アプローチをかけられたことはない。友人たちが言うには「しょうがねえだろ。自分より可愛い顔の男とつきあいたがる女はあんまいないよ」だそうだ。

「どれ」

「なっ……なにすっ……！」

しー、と耳元で囁かれる。それだけで、桜彦はもう動けない。

「どうってことないだろ。男同士なんだから」

揶揄する響きはなかった。いつもと同じ顔のまま、克郎はまるで医者が患部を調べるように、お湯の中で桜彦のそれを握る。

「……ああ、こりゃ辛そうだ。俺はもう出るから、自分でサクッと処理してこい」

「そっ……」

桜彦はぶんぶんぶんと首を横に振る。

身体は竦んで動かない。ほとんどパニックに陥っていたのだ。いきなり一番大事な部分をにぎっ、とされて冷静でいられるはずがない。しかも他人に触られたことなど、やはりおむつが取れてからこっち記憶にないのだ。

「なんだ。まさかやり方を知らないのか？」

やはり桜彦は首を横に振る。

やり方はさすがに知っている。それより、そんなことより、そこを放して欲しい。触られているだけで、どうにかなってしまいそうなのだ。

「……な、して……」

放して、と言ったつもりだった。

だが声はあまりに小さすぎた。まったく別の意味が、克郎に伝わってしまう。

「え？　……おいおい……ったく、しょうがない奴だな」

え、と克郎の顔を見る。目は少し潤んでいたかもしれない。

「こんなこと、普通は他人にさせることじゃないんだぞ？」

「……あっ、な、なに？　んっ――」

あろうことか、克郎には「して」と聞こえてしまったらしい。

うそ、ちがう、そんなこと言ってない、言うはずがない――。

軽く握っていただけの手が、ゆっくりと動き始める。

桜彦はうろたえて、逃げようとした。少なくとも気持ちは逃げようとしたのだ。だが身体のほうは、まったく言うことを聞こうとしない。

「……っ」

湯の中で克郎の腕を摑む。

だが硬い筋肉に指を食い込ませることすら、うまくできない。どんどん上がっていく息の中、声を漏らさないようにするだけで精一杯だった。

克郎は背中から桜彦を抱えるようにしているので顔は見えない。

「そんなに力むなって」

声はしごく冷静だった。まるで発情してしまったペットの世話でもしているかのようだ。恥ずかしい。自分ばかりがこんな状態になってしまったことが、桜彦はいたたまれない。

「……っ……く、」

「やばそうになったら、言えよ」

手のスライドが大きくなる。

指の関節で括《くび》れをくりくりと刺激され、桜彦は顎を仰け反らせた。

唯一の救いはお湯が濁っていることだった。自分のものを握っている克郎の手など見てしまったら、羞恥のあまり叫んでしまうかもしれなかった。

信じられない。

こんなに恥ずかしい思いをしたことはない。誤解だ、して欲しいなんて言ってない。

ならば今すぐ突き飛ばして逃げるべきなのに、それができない。

なぜなら、すごく
「……っは、」

ものすごく――気持ちいいからだ。

「……ん……も……っ」

触れられている部分だけではない。胸までがきゅうと切なくなるほどにいい。今まで経験した自慰など、比べものにならない。

身体が熱い。

額に、こめかみに、汗が伝う。クラクラする。心臓は今にも口から飛び出して、雪の上を転げ回りそうだ。

「も、だ……っ」

「……立てるか？」

抱えられたままで立ちあがったはいいが、すぐにふらついてしまう。克郎は背中からしっかりと桜彦を支え、そのまま淵に腰掛ける。

ふわりと吹いてきた風が、一瞬だけ身体と頭を冷やした。

女湯からは楽しげな声と湯の跳ねる音が聞こえる。今なら、離れられる。このまま膝に力を入れて立ち、笑って冗談ですませてしまえばいいのだ。今なら――

「あ……っ」

けれど膝はガクガクと震えるばかりだ。脚だけが湯に浸かった状態で、再び克郎の手が屹立《きつりつ》に触れてくる。水圧がなくなったぶん、その動きは自在になり、桜彦を翻弄した。

くちゃ、といやらしい音が耳に届いた時には、本当にもう、恥ずかしくて死ぬかと思った。自分のものの先端から、ぬるついた液体がくぷりと溢れてくる。

「――んッ！」

親指で鈴口を弄《いじ》られ、腰がビクンと震えた。そんな刺激を与えられたら、声が出てしまう。

「あっ……あ、んんっ」

「しー……」

声を出すなと、大きな左手が鼻と口を塞ぐ。

苦しくて首を振ると、いったん外れ、その代わりのように口の中に二本の指が入ってきた。克郎の人差し指と、中指だ。無我夢中でそれを咥えた。歯を立ててはいけないと思ったら、しゃぶりつくようになってしまう。

最終目的に向かってリズミカルに扱かれながら、太い指に舌を絡ませる。

もう自分がなにをしているのかわからない。どんな格好をしているのかも考える余裕がない。

口を閉じることができないので、唾液が口の端から流れ出る。顎を伝い、喉を濡らし、胸まで届く。とろりと乳首のすぐ横を流れて、その小さな刺激すらひりひり感じる。

「ん……、く……」

背骨が反り返って後頭部が克郎の肩につく。

目を開けていられない。甘くて苦しいなにかが身体の中を駆けめぐって、出口を求めている。熱い。熱くてたまらない。目の前が朱に染まる。

真っ赤に燃えていた、あの炭の色を思い出す。

「……桜彦」

「──っ、く……あ……ッ！」

耳たぶに、克郎の唇が触れた瞬間、限界が訪れた。

ビクビクと全身が痙攣する。声を殺すには、口の中の指を噛むしかなかった。結構な力が入ってしまったのだが、克郎は指を抜きはしない。脈打ちながら吐き出される桜彦の白濁のほとんどは克郎の手のひらを汚し、ほんの少しだけがお湯の中に零れてしまう。

全身が感電したかのような──激しい射精感だった。

「おっと」

克郎が近くにあった手桶で、汚れてしまった湯をザバリと外へ掻き出す。口の中から指が去っても、桜彦はきちんと唇を閉じることができない。

ずるりと、脱力した身体がお湯の中に沈む。このまま溺れてしまえばいいと思った桜彦だが、手を洗い終えた克郎に支えられて、顎までしか沈めない。

「大丈夫か」

大丈夫なわけがない。

今自分がなにをしたのか、この男はわかっていないのだろうか。

「のぼせるからそろそろ出るぞ。立てるか？」

淡々と喋る克郎が憎らしくなった。立ちあがろうとはしないままに睨み上げたはいいが、ほとんど涙目だったことだろう。

「なっ、なんでこんなっ……こんなことっ」

やっと出た言葉は思い切り上擦っていた。

「なんでって。おまえがしてくれって言うから」

「言ってないっ！」

「言っただろ、して、して、って」

「ぼ、僕は放して、って言ったんだっ」

「え？　……ああ、して、じゃなくて放して、か。なんだ、ハハ。そうか」

克郎は先に湯から出ながら、まるでテレビでお笑い芸人の小ネタでも見たかのような、どうでもいい笑い声を出す。

なんだ、ハハ、じゃないだろう。

あんたにとってはどうってことなくても、こっちにはすごい衝撃だったんだぞ、女の子とキスもしたことないのに、いきなり握られて、扱かれて——

「まあ、いろんな意味でスッキリしたってことで、いいじゃないか」

「ス、スッキリって……あんたねえ！」

ざぶんっ。

温泉を波立たせて桜彦は勢いよく立ちあがった。恥ずかしさと怒りがごっちゃになって、頭の中でぐつぐつと煮えている。なにを言えばいいのかわからないけれど、とにかくなにかを言ってやらなけりゃと思って拳を固めた。こめかみがぴくぴく動くのが自分でもわかる。

その瞬間、鼻の下から生暖かい液体がツゥと流れるのを感じる。

「おい、おまえ、鼻血が——」

鼻血？　うっわ、やだな、かっこわるい……。

初めて温泉入って、初めて他人の手でいかされて、挙げ句の果てに鼻血……九重家嫡子《ちゃくし》たるものが、なんというていたらく——

あ、空が見える。

どうして上を向いてもいないのに青空が見えるか……それはもちろん、のぼせすぎた桜彦がひっくり返りそうになったからなのだった。

＊＊＊

「……まったく、よく倒れる奴だよ、おまえは」

ズルズルとそばを啜りながら克郎が言う。

「大昔のヨーロッパ貴族のお姫様みたいだな。ちょっとしたことで、くらーっと」

貴族のお姫様は鯨《くじら》の骨で作ったコルセットがきつかったのだ。露天風呂で他人に性器を握られたり擦られたりしたわけではない。そもそもあれは、ちょっとしたことなのか？　あんなことがちょっとしたことで、日常茶飯事だとしたら、あんたの生活には大きな問題があるぞ？

——などと、いくつものセリフが桜彦の頭の中でパレードしているのだが、言えるわけではない。

相変わらず耳を赤くしたまま、鴨南《かもなん》うどんを口に運ぶだけだ。

「ま、聞き違えた俺も悪かったけどな」

「……思ってないくせに」

ぼそり、と言い返した。

「なんだって？」

「悪かったなんて、思ってないんだろ。ひ、人にあんなことして……」

「だから、悪かったって。な？　機嫌直せ」

ぽん、と頭の上に手のひらが置かれる。子供扱いしやがって、と顔を上げた桜彦だが、目の前の男前を見てしまうと、なにも言えなくなってしまう。

神様は不公平だ。桜彦だって、どうせ男に生まれるならこんなふうに生まれたかった。

力強い身体。精悍《せいかん》で、しかも色気のある顔立ち。

今は肘の薄くなってきたフリースにボロボロのジーンズだが、髪を整え、三つ揃いのスーツを……そう、あえて少しだけ崩し気味に纏い、ポーズを取らせたら、ファッショングラビアだって飾れる。車はちょっと癖のあるスポーツカーが似合いそうだ。パーティーなら、正統派のタキシード。この身長と胸板ならば、欧米人並みの着こなしができる。胸に赤いバラを挿したって、克郎ならば滑稽にならない。どんな女性だって、虜になってしまうだろう。都会のチャラチャラした男を見慣れている女性なら、なおのことだ。たとえば鈴香だって克郎を見たら——

そこまで考えて、桜彦はある作戦を思いつく。

……いいんじゃないか？

いや、でも普段鈴香の周囲にいるのは、線の細い可愛い系だ。

だがそういう彼らに「気が利かない」「頼りない」「男のくせにナルシストだわ」と、陰で文句を呟いていることを、桜彦は知っている。

克郎は、鈴香の知らないタイプの男だ。新鮮味については折り紙つきである。そして見た目に関しては文句なし。

もしかしたら、結構うまくいくかも？

「どうした。人の顔をマジマジと見て」

「……克郎さん、本当に僕に悪いことしたと思ってる？」

「わりとしつこいな、おまえ」

「どうなの、思ってるの？　言っとくけど、アレある意味犯罪だよ、僕は未成年なんだから」

克郎は丼《どんぶり》を持ち、音を立てて天麩羅《てんぷら》そばの汁を飲み、

「犯罪って、大袈裟な……だから、悪かったって言ってるだろ？」

そう言ってぱちんと割り箸を置いた。ちなみに天麩羅そばの前に、ざるそばも食べている。食べるのがやたらと速い。

「なら、僕の頼み聞いてくれる？」

「頼み？　なんだ」

「……炭焼きが終わったなら、今は仕事ってないんだよね？」

「なくはない。麓でなにかしらするぞ。これからの季節だと、除雪車の運転だとか」

桜彦はやっと自分の鴨南うどんを食べ終わり姿勢を正した。そして、

「年内いっぱいでいいんだ。その間だけ、僕に雇われてくれない？」

精一杯の真面目声を出して、そう言った。だが、克郎は片方の眉を少し上げて「なんで俺が十七歳の高校生に雇われなきゃならないんだ」と相手にしてくれない。

「ちゃんと賃金は支払う。なんなら前払いでもいい」

「親の金で？」

「僕のお金だよ。勉強を兼ねて、おこづかいで株を少し動かしてるんだ。日給二万として、二週間で二十八万。プラス、目標達成したらボーナス八十万。もちろん経費は全部こちらで持つ」

「たったの二週間で百万近くの稼ぎか？　おっかないな、俺になにをやらせる気だ。まさかホストじゃないだろうな」

「……違うけど、ちょっと似てる。もっと近いのは結婚詐欺かな」

そう答えると、克郎が眉間に深く皺を刻んだ。

「なにを企んでるのか知らないが、犯罪の片棒を担ぐのはごめんだな。こっちは成人なんでね、警察沙汰になった日にはしっかり実刑を食らうんだ」

「そんなことには絶対にならないよ」

「とにかくごめんだ。他を当りな」

突き放すような言い方に、胸がツキンと痛んで俯いた。

同時に怒りが湧き上がり、さっきまではちょっとした思いつきだった計画を、桜彦は意地でも実行しなければならないと思えてきた。

「そうだよね、実刑だ」

言いながら、ゆっくりと顔を上げる。

「淫行条例って知ってる？　各自治体によっていろいろなんだけど、とにかく未成年者と淫らな行為をしたら、懲役、または罰金ってやつ」

「……なにが言いたいんだ」

「僕がありのままを訴え出たら、間違いなく克郎さんは該当しちゃうよ。遭難しかけた少年を優しげなふりで保護してイタズラした変態男。地方紙なら一面記事かなあ？」

「いい度胸だな。俺を脅す気か」

克郎は低く言い、今まで見た中で一番怖い顔をした。だが桜彦もこうなったら退けない。

「僕だって真剣なんだ。なにしろ将来がかかってるんだから……迷惑はかけないよ。約束する。だから一緒に東京に来て」

克郎は桜彦をしばらく睨んでいたが、やがて店番のおばちゃんに向かって「ご馳走さま、お勘定」と声をかけ、立ちあがる。

慌てて桜彦も立ちあがると、ジロリと見られたあとで「話は車で聞く」と言われた。

桜彦はぎこちなく頷きながらも、絶対にウンと言わせてみせると心に誓うのだった。

3

「……ねえ、大丈夫？」

ぐったりとソファに身を沈めている克郎の額に手を当てて、桜彦は聞いた。少し熱いが、発熱というよりは軽いのぼせのようだった。

「大丈夫じゃねえよ……だから東京は嫌いなんだ。空気は汚いし、人は多いし、道路は渋滞してるし……ああ、来るんじゃなかった……」

「なに弱音吐いてるんだよ。まだ着いたばっかりじゃん。それに、東京には昔住んでたんだろ？」

「大昔だよ。ガキの頃だ。まだJRが国鉄だった頃」

「あー、僕、生まれてないや」

「くそ。ジェネレーションギャップだな」

「なにオジサンみたいなこと言ってんの。ほら、これから忙しいんだから、とりあえずシャワー浴びてきて」

「……なんで。昨日温泉に入ったばっかだろうが」

だらりと脚を投げ出したままの克郎が頭をバリバリ掻きながら言うので、桜彦はつい眉を吊り上げてしまう。

「風呂は毎日入るの！」

「あー、耳元で怒鳴るなよ、わかったよ……で、風呂場はどっちだ」

だらだら歩く克郎の腕を引っ張って、バスルームに連行する。

ここは桜彦の自宅ではなく、都心にある滞在型のホテルだ。利用者には外国人のエグゼクティブが多い。桜彦が克郎のために用意したのは小さなキッチンもついているスイートで、前室、リビング、寝室に広いバスルームもある。トイレは二カ所だ。

「なんだか無意味に広いな……六畳くらいあるんじゃないのか」

ぐるりと見回しながら克郎が呟く。そしてバスタブに近づき「こういう浅い風呂は好きじゃねえんだよ」とぼやいた。桜彦は聞こえないふりをして、大きくふかふかとしたタオルを克郎に突きつけ、シャワーブースを指さす。

「着替えは用意してあるから、バスローブで出てきて。あ、このあとすぐ美容院に行くから、面倒だったら髪は洗わなくてもいいけど、髭は剃ってね」

「髭も床屋でいいだろうが」

「床屋じゃなくて美容院に行くの！」

「あー、はいはい」

面倒くさそうに返事をする克郎を置いて、バスルームを出る。

「さて、と」

ここからが忙しい。

いよいよ、作戦開始だ。克郎を紳士に仕立て上げなければならない。

桜彦は寝室に入るとクロゼットを開け、用意しておいてもらった服を取り出した。だいたいのサイズしかわからなかったので、スーツはやめておいた。身体に合っていないスーツほどみっともないものはないからだ。黒いシルク混のニットに、細かい千鳥格子《ちどりごうし》のスラックス――柔らかい革のジャケットはプラムカラー。時間もなかったので、とりあえず有名なブランドで揃えた。非常に洗練されているのだが、日本人にはやや難しいラインやデザインが特徴のイタリアものだ。手足の長い克郎ならば着こなせるはずである。

「おい、出たぞ……なんだこりゃ、こんな服を着るのか？」

千鳥格子のスラックスを摘み上げ、克郎が不服顔を見せる。

「絶対に似合うって。はい、これ下着。それからトワレも選んどいた」

「俺は香水なんかつけねえよ」

「だめ。紳士はトワレくらいつけるものだし、鈴香はトワレの似合う男が好きなんだから」

「なんだよ、紳士って」

「紳士は紳士だよ。ジェントルマン。上品で教養があって、礼儀正しく、女性に優しい」

「やれやれ……とんだ仕事を請け負っちまったな……」

ぶつぶつ言いながらも、克郎はトワレのボトルを受け取った。

グイと胸をはだけて、叩き込むように豪快にトワレをつける。柑橘系の中に、僅かなムスクの混じった香りが部屋に広がった。この銘柄を指定したのは桜彦だ。克郎の匂いに必ず馴染むと思ったのだが、どうやらその判断は間違っていなかったらしい。

姉の鈴香にモーションをかけ、短期間でいいから、夢中にさせて欲しい――。

蕎麦屋を出たあと、車の中で桜彦が頼んだ仕事の内容を、克郎は最初鼻で笑っていた。

だが桜彦が誰でも名前くらいは知っている九重家の長男であることや、当主の七曜が病床にあること、家督問題で揉めていて、遭難しかけたのも姉の策略だったこと――そのあたりの事情を打ち明けると、少し顔つきが変わってきた。

「家督争いっておまえ、このご時世にか」

「九重グループは、父を中心にして、一族一門で成り立っているんだ。祖父の代も、曾祖父の代もそうだった。長男が家督を継いで、財閥の中心人物としてグループ全体の指揮を執る――それが習わしなんだよ。でも僕の父はなにを考えてるのかわからないところのある人だから、場合によっては鈴香を後継者に選ぶかもしれない」

「いいじゃないか、そのやる気満々の姉ちゃんを跡目にすりゃあ。おまえだってそれで路頭に迷うわけじゃないんだろ？」

「そりゃ、グループの末端会社あたりのトップにはなれるだろうさ。でもそれじゃだめなんだよ。僕は九重の長男なんだから、僕が家督を継いで、九重家の中心になるべきなんだよ」

「つまり、金が欲しいっつーことか？」

「そういう問題じゃない」

「よくわかんねえなあ……。おまえまだ十七だろ。そんな堅ッ苦しい将来設計、むしろいやになりそうなもんなのに」

「べつにいやじゃないよ。それがあたりまえだと思ってるし、そうならなきゃいけないんだ。だから、協力して、お願いします——。

　車の中で、桜彦は深く頭を下げた。克郎はしばらく返事をしなかったのだが、いつまで経っても頭を上げない桜彦に根負けし、とうとう溜息交じりに「おまえの姉ちゃんが俺に惚れるとは限らないぞ？」と言った。

「そのときは潔く諦める」

「本当だな？」

「うん、約束する」

「で、もしおまえの思う通りに事が運んだら？　年が明けるなり、俺は姉ちゃんを振って山に帰るってわけか？　それもまた、後味の悪い仕事だな」

「それは心配ないと思うよ。一度でもあの小屋に連れていったら、鈴香は克郎さんを諦めると思う。あの人、ブランド店とエステとネイルサロンのないところでは暮らせないし、家政婦さんのいない生活したことないから」

つまり、一過性の恋でいいのだ。

父が後継者の発表をする今年いっぱいだけ、鈴香を夢中にさせてくれればそれでいいのである。よそに嫁ぐ可能性の高い鈴香は、後継者には選ばれない。

克郎は溜息をつきながら「ま、やってみっか」と言ってくれた。

そして今――

「わ……やっぱし……ウン……」

服をつけ終わり、肩につく髪を後ろにひとつに束ねた克郎は、文句なしの男前だった。

「なんか変だろやっぱし。俺じゃないみたいで、落ち着かん」

「ちっとも変じゃないよ。このブランドが似合う日本人は少ないんだけど……すごく決まってる」

そう思ったのは桜彦ばかりではなかった。

ホテルのロビーフロアに降りた途端、従業員も客も克郎に目を奪われている。周囲より頭ふたつぶん背の高い克郎は、それこそパリコレの花道を歩くモデルのようだ。当の本人は自分が見られている自覚などまったくなく、

「美容院なんて初めてだぞ。いっつも村の床屋で千二百円でやってもらってるんだ」

などと話しながら大股で歩く。ワイルドな魅力に溢れているが、紳士としてはもっとノーブルさが必要だなと桜彦は分析した。鈴香をうまくエスコートしてもらわなければ困るからだ。

車で青山《あおやま》のヘアサロンに乗りつける。

いつも桜彦を担当してくれる店長は、克郎を見た途端に目を輝かせた。サバサバした女性なのだが「こんな骨太の美男子がまだこの国にいたなんて……！」とやや大袈裟な口調で誉めちぎった。無愛想な克郎は肩を竦めただけだったが、そんな仕草すらさまになってしまう。他のスタッフたちも、男女を問わず見ほれている。

髪形はもちろん桜彦が細かく注文をつける。

最初はすっきり切って紳士風にしようかとも思ったのだが、むしろやや不良っぽく、少し長さを残しておいた。これならばアレンジも利く。

「眉もちょっとカットしてください。やりすぎない程度に」

「わかったわ。ああ、こんなお客さんの髪を切れるなんて、美容師冥利に尽きる……」

頬を赤らめつつも、そこはプロ、ブローが終わった仕上がりは見事なものだった。クロスを取って立ちあがる克郎はまた色男レベルを上げている。

「悪くねえか」

鏡を覗き込み、顎を撫でながらそんなことを言う。客の女性たちまでもが、そんな克郎に目を奪われてハァと吐息をついている。

「さ、次はエステに行くよ」

「ありゃ女が行くとこだろ。勘弁しろよ」

「男性用がちゃんとあるんだってば」

嫌がる克郎を、美容院からさして離れていないサロンに強引に押し込む。

だが克郎はパックの途中で「もう耐えきれん」と個室から出てきてしまった。じっと寝たままで、ベタベタと顔に何やら塗りたくられたりするのは我慢がならなかったらしい。スタッフたちは右往左往していたが、桜彦はプッと噴き出してしまった。いかにも克郎らしいと思ったからだ。

半分の行程でエステは諦め、やはり青山で時計と靴などの小物を購入する。

続いてはスーツの購入のために、銀座《ぎんざ》に移動だ。老舗テーラーの主人は克郎の体格を絶賛し、丁寧な採寸のあとで「ダブルのスーツがお似合いになります」と自信満々の声音で言った。桜彦も同じ考えだ。

「ピンストライプの生地なんか、いいと思うんだけど」

「さすが桜彦様。仰る通りだと思います。シングルでしたら、プレーンな濃紺か、光沢のある黒もよろしいかと。個性的で粋な着こなしになります」

「うん、いいですね。ではその三着と、パーティー用も欲しいな」

「ではタキシードを」

「時間があんまりないんだけど……超特急でお願いできる？」

「かしこまりました。仕上ったぶんから至急お届け致します」

「ワイシャツとタイも見繕ってもらえるかな」

「もちろんでございます。桜彦様のお眼鏡に適いそうなものを何種類かご用意致しましょう」

「うん」

なんだかわくわくしてきた。もともとファッションについては一家言《いっかげん》ある桜彦なので、克郎ほどの男は磨き甲斐がある。自分はまだ子供すぎるし、体格も細いので、憧れていた大人の紳士を演出できるのがとても楽しいのだ。

まるで『プリティ・ウーマン』のリチャード・ギアの気分である。

「おい～。いいかげん帰ろうぜ。俺は疲れたし、腹が減って死にそうだよ」

ごついジュリア・ロバーツはソファにだらしなく腰掛けて大あくびをする。徹夜で炭焼きをしても疲れないくせに、ブティックめぐりだと疲労するらしい。

テーラーを出て、車に戻る。もうすっかり日が落ちていた。

「さー、メシメシメシ。なに食わせてくれるんだ、俺の雇い主様は」

「なんでも好きなものをどうぞ。でもその前に、最後のひと働きがある」

「まだなんかあんのか？」

克郎が肺活量を測りたくなるような溜息を披露した時、車が高級ブランド店の前で停まった。

ここからが今日の本番なのだ。

桜彦の情報網によると、今日のこの時間、鈴香はここで買い物をしているはずである。

「これが、姉の鈴香」

桜彦は数枚のスナップ写真を見せる。

どの写真も、鈴香は計算ずくの微笑みを浮かべている。克郎はそれを手に取ることもなく、チラリと一瞥《いちべつ》して「ふうん」とだけ言った。

「宝飾コーナーで接客を受けていると思う。鈴香は人の視線を集めるのが好きだから、個室にはあまり入らないんだ。克郎さんは……そうだな、適当なアクセサリーを買ってきて。誰かのプレゼントを選びに来た感じで」

「声をかけたりしなくていいのか」

「必要ないよ。鈴香は絶対に克郎さんに気づく。克郎さんはおまえなんか目に入らないってふりをしてて。そうしたら、鈴香のほうからアクションを起こすはず」

まずは第一印象が肝心。理想的なのは、一目惚れだが、まあそれは難しいだろう。楚々《そそ》としたふりをしているが、鈴香は山のようにプライドの高い女だ。克郎ほどの色男が自分を無視しているのは許せないはずである。

「たぶん、すれ違いざまによろけるとか、なにか落とすとか——そんなことをすると思う。そこまでしたら、声をかけて。名乗る必要はないけど……いい？　紳士的に接してよ？」

「面倒くせえなあ」

鼻をほじりながら言う克郎の手を、桜彦はぴしゃんと叩いた。

「紳士は鼻ほじらないっ！　仕事なんだからねっ。言っとくけど、克郎さんの襟につけた集音機が音拾ってるから、サボったらすぐわかるし！」

「盗聴器まで用意済みか。いいとこの坊ちゃんは違うねえ」

車の中では「うっとうしい」と脱いでいたプレーントゥを履きながら、克郎はやる気のない声を出す。こんなことで、大丈夫なのだろうか。この作戦の鍵は克郎が握っているのだ。どんなに見た目がよくても、相手はあの鈴香である。そう簡単にはいかないはずだ。

「買い物って、なに買えばいいんだ」

「なんでもいいよ」

「高いモンしかないんだろ？」

「百万以内に収めてくれれば、なんでも」

「百万？　おまえ、どういう経済観念してんだ？」

「しょうがないよ。この店の中じゃ、それ以上がゴロゴロしてるんだから」

「……ったく、どうかしてるよこの国は」

ぶつぶつ言いながら、克郎は車を降りる。それだけで、道ゆく人々の視線がスゥッと集まってくる。桜彦はタクシーを一本裏の道に移動させてから、自分も車を降りた。自販機の陰になっている目立たない場所で人を待つふりをしながら、イヤホンから入ってくる音声に集中する。

街の喧騒が消える。克郎が店内に入ったのだ。

静かなＢＧＭ。たぶん、克郎のであろう足音。

『いらっしゃいませ。なにかお探しでございますか？』

男性店員が声をかけてきた。

『ちょっとした贈り物をしたい。そうだな……ブレスレットとか』

『さようでございますか。お若い方向きで？』

『えーと。そうだな、まあ若いな』

克郎の声を聞きながら、桜彦は少し驚いていた。いつもとまったく変わっていないからだ。慣れない東京で、突然高級店に押し込まれて、ここまで自然体でいられるのには恐れ入る。

『このようなものはいかがでしょう。メレダイヤの中に、ルビーがアクセントになっております。若い女性の方に大変人気の品です』

『なんかチカチカしすぎてないか？　もう少しあっさりしたデザインがいい。……ああ、それを見せてくれ。これはプラチナ製？』

『いいえ、ホワイトゴールドでございます』

『どう違うんだ？』

『はい、ホワイトゴールドは金とパラジウムの合金になります』

知らないこと、わからないことをためらいなく聞く——できそうで、できないことだ。特に男は見栄っ張りだから、知ったかぶることが多い。

『そっちのを見せてくれ。その、シンプルなやつ』

『ビスモチーフですね。人気の品でございます』

『これは嫌いじゃない』

『はい。いろいろなファッションにも、大変合わせやすいかと』

『それにする。ああ、包まなくていいから』

え、と店員が僅かに動揺した。

『では、ケースだけでも』

『いらない。過剰包装の時代は終わった』

はあ、と店員が困った声を出す。桜彦は声を殺して笑っていた。いかにも克郎らしい。

だが、笑ってばかりはいられない。

鈴香はどうしただろうか。店内にいるはずなのだけれど――

『あ、失礼』

そら、来たぞ。鈴香の澄まし声だ。桜彦は拳をギュッと握る。

『いや』

ふたりは軽くぶつかったかなにかしたのだろう。克郎の短い声が聞こえ、そのあとしばらくは沈黙が流れる。なにが起きているか、音だけではわからない。やがて、

『おい』

克郎の声が聞こえた。桜彦はイヤホンを押さえ、眉を寄せる。いやな予感がした。

『おい、あんただ。そこのねえちゃん』

『……私のことかしら？』

鈴香の声だ。いつもならおっとりした声音を作るはずなのに、明らかに棘がある。無理もない。水商売の女の子を呼ぶような調子で声をかけられるなど、鈴香にはあってはならないことなのだ。

『そう、あんた。ほら、これ落としただろ』

『……ご親切に』

『いやいや』

カツカツと、鈴香のヒールの音が聞こえる。店舗の中二階へと続く階段を上っているのだ。いやな予感は的中した。桜彦はがっくりと項垂《うなだ》れる。克郎からは、紳士のシの字も感じられない。

しかも、とどめがあった。

『……なかなか、いいケツだな』

『なっ……！』

鈴香の顔が怒りで染まるのが見えるようだ。桜彦はその場に蹲り、頭を抱えたい気分になった。なにを考えているのだ、あの男は。それじゃただのスケベオヤジじゃないか！

『失敬な方！』

『お、お客様？』

カードの認証でもしていたのだろう、店員が戻ってきてただならぬ様子に慌てている。桜彦は自販機を軽く叩き、「ああ、もう」と思わず声に出してしまった。

しかし嘆いている暇はない。

店の前に急いで走り、支払いを終えてお気楽に出てきた克郎の腕を摑むと、有無を言わせず路地裏に引っ張り込んだ。

「な、なにしたんだよいったい！」

「言われた通りにしただろ？　スカーフを落としたから拾ってやって、階段を上ってる時にケツを誉めた」

「紳士的にって、あれほど言ったじゃないか！」

「紳士的に振る舞ったぞ。地球環境のため、過剰包装は断ったし」

「そういう問題じゃないのっ！　ケ、ケツだなんて、下品にもほどがあるよ！」

ああそっちか、と克郎が肩を竦める。

「おまえの姉ちゃん、耳まで真っ赤にしてたぞ。ハハハ」

ハハハじゃないだろうが――その場で一時間ばかり説教したい気分の桜彦だったが、鈴香と鉢合わせては大変である。すぐにタクシーを拾い、ホテルに戻った。

罰として、その日の夕食はルームサービスとなった。焼き肉を食べるつもりだったらしい克郎は文句を垂れ続けていたが、桜彦は無視した。

この作戦は本当にうまくいくのだろうか。

すっかり自信をなくし、桜彦は夜遅くなってから自宅へと戻ったのだった。

＊＊＊

「特訓だ！」

翌日の午前九時。

ホテルへと押しかけた桜彦は、カーテンを勢いよく開け、ベッドに向かって言い放った。カードキーはもちろん持っているので好き勝手に入ることができる。なにしろ雇い主なのだ。

「……なにを朝っぱらから……」

ベッドの中の大きな塊がもぞりと動いて、低く呻く。

「もう九時だよ。早く起きて」

「まだ九時だ」

「どうしたんだよ。なんか山にいる時のほうがよっぽどしゃっきりしてたじゃん」

「昨日は飲んだからな……ルームサービスなら、なに頼んでもいいって言ったろ？」

「そりゃべつにいいけど……飲みすぎじゃないの？」

リビングには缶ビールが二本と、ワインのボトルが一本空いていた。ひとりで飲んだならば結構な量である。

「ワインが好きなら、もっといいのがうちにある。今日はこれからうちに行くよ」

「おまえン家？」

やっと顔を出した克郎は、陽の光の眩しさに顔をしかめる。

「姉ちゃんと出くわさないか？」

「鈴香は白金《しろがね》のマンションでひとり暮らし。滅多にうちには来ないから大丈夫」

「ウーン。おまえんとこでなにするっていうんだ」

半裸の克郎は上半身だけ起こし、ベッドの中で伸びをする。

彫像のように美しい筋肉がしなやかに動く。あんな胸にもたれかかって――温泉での出来事を思い出してしまい、桜彦はさりげなく目を逸らした。

「だから、特訓。紳士になるべく特訓をする。鈴香が主催するクリスマスパーティーが近いんだ。そこに克郎さんも招待されるように手配しておくから、なんとか昨日の失態を挽回しなくちゃ……ほら、さっさと着替えて。時間ないんだから」

ベッドから克郎を追い出し、支度をさせて車に乗り込む。本当に、時間がない。そしてやらなければいけないことは山とある。

「おまえ、学校は」

「僕は今重篤《じゅうとく》なインフルエンザにかかってるの。学校なんかに行ったら、クラスメイトにうつしちゃう。そのまま冬休みに入っちゃうけど、仕方ない。えーと、午前中はテーブルマナーの先生が来る。ついでに紳士的な言葉遣いも叩き込んでもらうからね」

まるで秘書のように手帳を開き、桜彦はスケジュールを確認する。

「そんなことしなくても、俺は紳士だぜ」

「紳士は女性のお尻なんか評価しない」

「誉めたんだ。安産型だぞあれは」

「その時点でセクハラだよ。それから、午後はダンスの先生に来てもらうことになってる」

「は？」

むっつりと窓の外を眺めていた克郎がぐるりと首を回して桜彦を見た。

「ダンス？」

「そう、ダンス。紳士の嗜み」

「ダンスなら担げるけど、ダンスは無理だ」

克郎のつまらないダジャレを桜彦は無視する。

「時間がないから、鈴香の好きなワルツだけ。それだけでいいから、きっちり覚えて、間違えても鈴香の足なんか踏まないでくれよ」

「おい……マジかよ」

拒否反応を示されるであろうことは予想ずみだったが、パーティーにダンスはつきものなのだ。

克郎ほどの容姿ならば、フロアで踊れば目立つこと請け合いだし、そうなれば目立つのが大好きな鈴香の心を捉える可能性も高くなる。

ほどなく、車は九重家に到着した。

高い塀に囲まれた洋風建築は、もともとは華族の屋敷だったと聞く。もちろん相当老朽化が進んでいたので、あちこち手を入れてある。修繕費だけで豪邸が建つほどだったらしい。

「桜彦坊ちゃま、お帰りなさいまし」

出迎えてくれたのはタマさんだ。

小さくて丸っこい身体でチョコチョコと歩くタマさんは、桜彦の母親代わりといっても過言ではない。この屋敷で働きだしたのが十八、以来三十年間、九重家の家事一切を取り仕切っている人でもある。

「もうマナーの先生がおみえですよ。離れのダイニングでお待ちです」

「ありがとう。克郎さん、こちらは七瀬《ななせ》玉恵《たまえ》さん。僕が赤ん坊の頃からずうっとお世話になってる人だよ。で、タマさん、こちらがえーと……」

そういえば、克郎の姓はなんというのだろう。

「よろしく。克郎と呼んでください」

聞こうとした桜彦の出鼻を挫《くじ》くようにして、克郎は大きな身体を折り曲げ、タマさんと握手を交わす。

「まあまあ、なんと大きく……いえ、大きな方でしょう」

タマさんはいつものようににこにこと笑って、目の前の男を見上げる。

「このたびは桜彦坊ちゃまを助けてくださって、ありがとうございました。なんでも、炭焼き職人さんでいらっしゃるとか」

「そうです。山から下りたら、使いものにはならん男です」

「使い物になってくれなきゃ困るんだってば」

ふたりの会話に割り込んで、桜彦は手帳をチェックする。

「さあ、今から二時間、マナーをしっかり覚えてきて。カトラリーを優雅に扱えるようになるまで、椅子から立たせないからね」

「カトラリーってなんだよ」

「ナイフやフォーク」

「俺は箸でなんでも食えるぞ」

「そういう問題じゃないんだってば！」

タマさんがふたりのやりとりを聞いてコロコロと笑った。

やる気のなさが全身から滲み出ている克郎は、それでもタマさんに連れられて、増築した離れのダイニングへと向かった。マナー教師は苦労するだろうが、なんとか短期間で、多少エセっぽくとも紳士的に仕上げてもらわねば困る。そのために謝礼は弾んでおいた。ダンス教師にも、通常の個人レッスンの二倍を出すことになっている。

「……さて、次は御大《おんたい》に会ってくるかな……」

克郎は自室に戻って、一度制服に着替えた。髪もきちんと学生らしく整え、中身は入っていない学生鞄を持ち、家を出る。車には乗らず、徒歩で地下鉄の駅に向かった。

目的地は学校ではなく、父が入院している病院だ。

制服を着たのは、それが一番印象よく見えるだろうという計算である。実の父親の視線をそんなふうに気にしなければならないのは、もしかしたらあまり普通ではないのかもしれない。だが、桜彦にとっては昔からのことだし、鈴香や舜也に対しても、その距離感は同じだった。

父親に会うのは、緊張する。

地下鉄を乗り継いで、築地《つきじ》で降りた。

病院までは歩いて五分ほどだ。強い北風がカシミアのマフラーを踊らせる。せっかく整えた髪も台なしだが、雪山に比べればなんでもない。東京に戻ってから、鈴香とは一度電話で話した。

『心配したのよ？　桜彦さんたら、雪の中を散歩したいなんて突然言いだして、それっきり姿が見えなくなってしまうし……』

言うかよ、んなこと――喉元まで上がってきた言葉を呑み込み、桜彦も「ご心配をおかけしまして」と空々しく返した。

鈴香はある意味すごい。いっそ清々しいほどの嘘つきである。その厚顔《こうがん》さに、桜彦は時に感心してしまうほどだ。仮に努力してみても、なかなかあそこまでの嘘つきにはなれないだろう。

「あら、桜彦さん」

その嘘つきが父の病室にいた。

白いワンピースを着て、ベッドサイドの椅子に淑女然《しゅくじょぜん》と腰掛けている。

「よう、桜彦。久しぶりじゃん」

驚いたことに舜也までいた。縞のスーツに黒いシルクシャツと、金回りのいいホストのような格好をし、こちらは枕元の位置に立っている。

「あ……お久しぶりです」

「なんだよ、だせえ制服なんか着て。相変わらず女みたいな顔してんのなあ」

桜彦を観察するように眺めながら、舜也はにやにや笑う。顔を合わせばいつもこの調子だ。内心では腹が立つものの、桜彦はいちいち相手にしない。

「父さんの容態はいかがですか」

ふたりにではなく、ベッドの足元で直立不動している秘書の百井《ももい》に聞いた。

「はい。安定しておいでです」

百井が病室に相応しい程度の音量で答える。

地味な背広と静かな物腰。百井はまだ四十になったばかりだから、父よりはだいぶ若い。それでも父の秘書を務めてすでに十五年、九重七曜の懐刀と囁かれる存在だ。この暴君のそばでは気苦労も多いのだろう。もともと痩せ気味の人だったが、最近更に細くなった。銀縁の眼鏡の奥にはうっすらと隈《くま》もできている。

「あの……いつも父がお世話かけてます」

桜彦が百井に頭を下げると、無言でより深く頭《こうべ》を垂れる。

百井は誰に対しても腰が低く、ことに父には絶対服従に近い態度で接していた。もうずいぶん昔だが、癇癪《かんしゃく》持ちな父に、顔を引っぱたかれているところを見たことがある。それでも百井は文句ひとつ言うでもなかった。

妻より子供より愛人より、父と多くの時間を過ごしているのが百井だ。病院の個室に入ってからも、それは変わりない。

「まったく、親父もわがままだよなあ。看護師にしてもらえばいいことまで、百井さんにやらせてさあ」

舜也の言葉に、鈴香が軽く眉を上げた。

「あら、滅多にお見舞いにも来ない方のセリフとは思えないわね……ま、あなたにとっては、本当の父親ではないんだから無理もないでしょうけど」

「意地悪言うなよ姉さん。血の繋がりなんかなくっても、俺はこの人を親父だと思ってるぜ？　血の繋がってるほうは、今どこでなにをしているのかもわかんねえしなあ」

確かに血は繋がっていない。それは九重家の親戚一同みな承知の事実であるし、血液型からしてもはっきりしている。それでも父の七曜は舜也を実子として戸籍に入れた。つまり法的には鈴香や桜彦と同等の立場なのである。

「……父さん、聞こえますか」

ベッドの近くに寄って、話しかけてみる。

父は薄く目を開けて、桜彦を見た。そして小さく頷き、また目を閉じる。肌に刺激を与えてはいけないらしく、伸びたままの髭が父を別人のように見せていた。

ここに来るたびに、桜彦は複雑な気分になる。

父のことは、あまり好きではなかった。

むしろ、嫌いだった。恨んでいた時期すらあった。

互いに距離を置いていたから衝突することもなかったが、心の中ではずっと父に対するわだかまりを抱えていたのだ。いつか大人になったら「あんたはいったいどういうつもりだったんだ」と問い質《ただ》してやろうと思っていた。

なのに桜彦が大人になる前に、この人は病気になってしまった。

困る。桜彦は病人には弱いのだ。

椅子を引き寄せて、枕元に座る。唇が乾いて白く粉を吹いていた。ふと、見舞いの品の立派な苺が目に入る。

「お父さん。苺、食べますか」

「おやおや、桜彦くんは優しいねえ」

「おやめなさいよ、舜也さん。さ、私たちは隣に移ってお茶でもいただきましょう」

鈴香が立ちあがり、舜也とともに隣のリビングへと移動した。

この病院の特別室にはリビング、寝室、つき添い者用の寝室、バスルームが完備されているのだ。お茶の用意をするために、百井も寝室を出る。

ふたりきりになると、桜彦はもう一度聞いた。

「苺……いらない？」

父は首を横に振った。いらない、という意味だろう。そう言われてしまえば、仕方ない。桜彦は目を閉じている父の顔をただ見つめる。

この人は、自分を跡継ぎにするだろうか。

それとも鈴香を選ぶのか。先代は時代錯誤なところがあり、女は当主にしないと公言していたらしいが、この父からはそんな言葉は聞いていない。舜也という可能性もゼロではないが——親戚一同の反対は大きいだろう。

「……おまえの母親は」

「え」

突然父が口を利いたので、舜也は少し驚いた。

「おまえの母さんは、苺の食べ方が変わっていた」

「え……そ、そうなの？」

そうだ、と再び瞼が開く。

「旨い苺はそのまま食べるのが一番だ。コンデンスミルクだのなんだの、そんなものはいらん。だが、おまえの母さんは、苺を半分に切って、砂糖をドバッとかけ……」

「牛乳をかけて、潰して食べるんでしょ」

顔をしかめて、父が頷いた。視線は天井を向いたままだ。

「あんなものは、貧乏人の食い方だ」

「けど、結構美味しいよ。なんていうか……子供っぽい味だけど」

「味覚が子供なんだ」

「かもね」

反論はしない。母は今でも、子供が食べるようなものを好む。本物のメロンより、どぎつい緑色のメロンシロップが好きだったりする。

「……元気なのか」

「元気ではないけど、まあまあかな」

「そうか」

それきり、父は再び口を閉ざした。しばらくすると寝息が聞こえてきたので、桜彦はそっと椅子から立ち、隣の部屋に入る。

「寝たみたいです」

「そうですか。お疲れさまです。鈴香さんと舜也さんは、お帰りになりました」

「うん。僕も行くよ」

「はい。お気をつけてお帰りください」

桜彦がコートを着ようとすると、百井がすかさず鞄を持ってくれた。いつでも、誰に対しても、変わらない腰の低さがある人だ。袖を通したあと、ありがとうと受け取る。

「……桜彦さんは」

「え？」

「桜彦さんは、お優しい」

「な、なに、いきなり」

無口な百井が珍しく自分から声をかけてきた上、そんなことを言いだすので面食らってしまう。

「ご姉弟の中で、桜彦さんだけはいつも、会長が眠るまでそばにいらっしゃいます」

「それは……えっと、たまたまだよ」

本当はたまたまではない。だが、父のことが好きだからそうしているわけでもないのだ。急ぎの用事がない限り病人が眠るまでいてしまうのは、桜彦の癖のようなものだった。

「……あのさ、百井さん」

はい、と百井が答える。凪《な》いだ海のような人だなと桜彦は思う。

「実際のところ、どうなの。その、父さんの具合は」

「一進一退だとお医者様は」

「治る見込みは……ないのかな。こう、実は薬がすごく効いてて、年が明ければ、えっていうくらい元気になっちゃうなんて展開には——」

百井は黙したまま、首を横に振った。

桜彦は軽く奥歯を嚙む。悲しいわけではない。悲嘆《ひたん》に暮れるほど濃い親子関係ではなかった。父にまだ死なないで欲しいと思うのは、家督争いのゴタゴタを先延ばししたいからにすぎない。もう少し大人になってからのほうが、桜彦にとっては有利だからだ。

それでも、時間は待ってくれない。やはりこの年内に、片をつけるしかないようだ。

「父さんのこと、よろしくお願いします」

ぺこりと頭を下げて、病室を出た。百井は「はい」と返事をして一礼する。今日も自宅に帰らないで、父のケアをするのだろうか。トイレにつき添い、食事を手伝い、身体を拭く……長いつきあいとはいえ、なかなかできるものではない。

——こういってはなんですが、百井さんは奥様よりもよほど、旦那様のことをわかっておいでです。あの方は自分の人生のほとんどをなげうって、旦那様にお仕えしていらっしゃいます。

以前、タマさんもそう話していたのを思い出す。

病院を出てまっすぐ駅に向かおうとした桜彦の前に、一台の車が停まった。運転席から顔を出したのは舜也だ。

「乗れよ。送ってく」

「……電車で帰りますから」

「なに遠慮してんの。一応は兄弟だろうが、ほらっ」

遠慮しているわけではなく本当に乗りたくないのだが、馬鹿正直に言う必要もない。ここで押し問答する気にもなれず、桜彦は諦め気分で助手席に乗り込んだ。

シートベルトをつけ、すぐに携帯電話で自宅に連絡を入れた。

「もしもしタマさん？　これから帰ります。うん、病院で舜也さんに会って、車で送ってくださるって。三十分で着くと思うよ」

電話を終えると、舜也がクックッと声を立てて笑った。

舜也は決して不細工ではなく、むしろ今時の流行り顔で女性にももてそうなのだが、笑うと口の片側だけが大きく歪む。桜彦はどうしてもそれが好きになれない。

「そう警戒すんなよ。誘拐したりしねえって」

「誘拐？　なんでです？」

「どっかに拉致られたりしないように、わざとタマさんに連絡したんだろ。おまえ、なかなか頭回るよな。可愛い顔して、したたかだよ」

「僕はただ家に着いてすぐ、ご飯を食べたかっただけですよ」

舜也の指摘は当たっていたが、あくまで桜彦はしらを切った。なにしろ鈴香が前例を作ってくれたばかりだ。油断はできない。

フンと鼻で笑った舜也は、片手でステアリングを操る。服のセンス同様、気障《きざ》ったらしい運転の仕方だった。

「鈴香に、はめられたんだろ？」

ぎくりとしたが、表情は変えなかった。ただ膝の上の指先がピクリと反応してしまう。

「なんの話です？」

「隠さなくてもいいさ。おっかねえ女だよなあ鈴香も。雪山ん中に放置されたら、下手したら死ぬっての、マジで」

「……鈴香姉さんが話したんですか？」

「まっさか。あいつが一枚でも自分の手札を見せるもんか。俺には俺の情報網があるってこと。な、桜彦。手を組まないか」

「は？」

思わず横を向いて、舜也の顔を見てしまう。

「鈴香は手強いぜ。あいつが九重のトップになったら、俺なんか簀巻《すま》きにされて東京湾に沈められそうだよ」

「いくらなんでも、そこまでは……」

「美味しい思いができないのは、間違いないだろうさ。俺としては、まだおまえが九重の当主になってくれたほうが安心できる。ほら、俺らはさ、また似たような立場なわけじゃん？」

信号待ちの間に煙草を咥えた舜也は、左手でパンパンと桜彦の肩を叩く。馴れ馴れしい手つきだった。あんたなんかと一緒にしないで欲しいね——呟くのは胸の中でだけにして、桜彦は作り笑いを見せた。

「でも、もしかしたら舜也さんが選ばれるかもしれませんよ」

はっ、と短く息を吐き、舜也は再び車をスタートさせる。煙草の煙が桜彦に襲いかかってきて軽く噎《む》せてしまう。

「なに言ってんだよ。あるわけないだろ？　誰がてめえの女房が浮気で作った子供に家を継がせるかよ」

「でもあの人は……子供に興味がないという点では、三人に対して平等だから」

「なんかおまえ冷めてんのな。ま、たとえそれが事実でも、俺にお鉢が回ってくることはねえだろ。俺はべつにそれで構わないしな。九重の当主なんて重たいもん背負うのはごめんんだ。俺は九重グループ全従業員への責任なんかとても負えねーもん」

前を走る軽自動車がスローペースで運転しているのに苛ついて、舜也はクラクションを鳴らす。

「けど、金は欲しい」

「正直ですね」

「欲望を隠さないのが俺の取り柄だ。なあ、桜彦、九重グループ会長の椅子はおまえにやるよ。俺はお零れに与《あずか》れればそれでいいんだ。手を組もうぜ」

「どうやって鈴香姉さんを出し抜くつもりですか。あの人はそう簡単じゃありませんよ」

「もちろんさ。けど、いい方法を考えついたわけよ俺は」

あと数分も行けば九重家という路上で、舜也は一度車を停めた。小さな公園の脇道だ。咥えていた煙草を消し、桜彦のほうを向き、にやりと笑う。

「あいつにさ、男を宛《あて》がうわけよ」

目を見開いて、舜也を見てしまった。いい考えだろ、と得意顔で新しい煙草を取り出している。や、それ、こっちともろ被ってますから……そう言いたい気持ちを押し殺しつつ桜彦はピンとこない表情を演出する。

「男……？　でも鈴香姉さん、すごくもてるんでしょう？　いまさら男なんて」

「取り巻きは多いが、これってのはいないんだよ。しかもな、つい最近一番のお気に入りに逃げられてカリカリしているらしい。おまえを雪山に放置するなんてのも、そのストレスからきてるんじゃねえの」

「逃げられた……？」

「そうそう。俺も一度顔を見たけどな。色白でさ。ふわふわした髪と、つるんとして顎の細い男だったよ。ありゃ年下だろうなあ。下手したら俺と変わんねえくらいじゃねえか？　愛玩犬《ペット》よろしく鈴香の後ろをついて回ってたな」

色白……ふわふわの髪、細い顎——

そう、鈴香の好みのデフォルトは、清潔感溢れる年下の可愛い系である。

「でな、俺はいい後釜《あとがま》を見つけたわけだよ。もうばっちし鈴香の好み。写真あるぜ、見ろよ」

渡されたスナップを見る。年の頃は二十二、三。マルチーズを思わせるような癖毛はかなり色の薄い茶だが、下品ではない。大きな二重瞼。女の子のようなカメラ目線でにっこり笑っている。

「そいつ、ハーフなんだよ」

自慢げな声になるほどと思った。目の色もかなり薄いし、肌の白さも日本人離れしている。見かけだけで判断してはならないのだろうが……頭は悪そうである。だが、性格は優しそうだ。「お手」と言ったら、本当にしてくれるのではないか。

写真を凝視しながら、克郎の顔を思い出す。

夏の山仕事でほどよく焼けた顔。しなやかだが、やや硬い髪。ブロック塀も嚙み砕きそうなしっかりとした顎。

……見事に正反対だ。

「どうした、桜彦」

「すみません……ちょっと気分が……」

写真を返し、胸を押さえて訴える。

「おい、俺の車で吐くなよ。すぐ家だぞ」

再びポルシェが発進した。吐くほどではないが、本当に気分はよくなかった。

なんてことだ、舜也が同じ作戦に出ようとしていて、しかも鈴香の好みをよく押さえ、すでに人選もすんでいるだなんて……。

「中まで送ってやろうか？」

「いえここで……ありがとうございました」

玄関前の車寄せで、運転席側に回り、桜彦は頭を下げる。

「な、どうよ俺の作戦。乗らねえか？」

運転席から尋ねる舜也に、桜彦は苦笑を見せる。

「せっかくですけれど……僕はそういうの、苦手なんです」

「そういうの？」

「だから……策略めいたこととか。後継者が誰になるかも、あんまり興味はないし」

「嘘つけ」

行儀悪くも人差し指を桜彦に突きつけ、舜也は言う。

「なぁにが興味ないだよ。腹ン中じゃあれこれ画策してるくせに。まあ、俺と組むかどうかはおまえの自由だけどな。でも、もし俺の邪魔をしたりしたら……」

くるりと手のひらをひっくり返し、今度は中指を突き立てる。

「そのときは承知しねえぞ」

「わかってますよ」

ならいいさ、と捨てゼリフを残し、ポルシェは去っていった。

独特のフォルムを見送りながら「下品なヤツ」と小さく悪態をつく。そしてハアッ、と溜息を零した。写真で見た、くるくる頭をしたハーフの天使ちゃんみたいな男に、克郎は太刀打ちできるのだろうか。

桜彦の美的感覚で言えば、克郎のほうが、男として遙かに美しい。

だがそこには同性ゆえの、男としてこうありたい、という願いが作用している。女の目から見た場合は……いやいや、だがどこにいても、克郎は周囲の女性たちから溜息を引き出しているではないか。客観的に見ても、やはり克郎がとっておきの美男子だという事実は変わりないのだ。

「……けど、鈴香がどう思うかだよなあ……第一印象は最悪だったし……」

「なにが最悪だって？」

「うわっ」

突然背後から声をかけられてびっくりし、軽くたたらを踏んでしまった。振り返ると、克郎がくたびれた顔でぬうと立っている。

「最悪なのはこっちだ」

両手を腰に当て、不機嫌そうに首を左右に曲げてバキボキと鳴らす。テーラーから最初の一着が届いたのだろう、プレーンな濃紺シングルスーツ姿で、ちょっと見は世界を叉にかける、やり手の青年実業家である。

「なんで空の皿を前にして、ナイフとフォークを構えなきゃならないんだ。ダンスはもっとひどかったぞ。だいたいな、日本人は農耕民族なんだ。農耕民族にワルツが踊れるか！」

「なに言ってんの？　農耕民族とワルツになんの関係があるんだよ」

「三拍子でズンチャッチャと鍬《くわ》がふるえるか？　ワルツはな、騎馬民族の伝統なんだよ。日本人には向いてない」

「騎馬民族って……そんなに遡らなくても。要するに、ダンスのレッスンは進んでないわけだ」

「その通りだ」

自信満々に言われてしまい、桜彦はカックンと肩を落とす。やはり、人選を誤ったか。

「なにしょぼいツラしてんだ。ほら、メシにしようぜメシに」

「……メシじゃなくて、食事。『食事にしましょう』！」

「うん。おまえも腹減ってるだろ？」

「うんじゃなくて！『きみもお腹が空いただろう』！　こんくらいの言葉遣いはできるだろ！」

桜彦が怒鳴ると、克郎は両手で小さいバンザイを作り「オー、ワタシ日本語ヨクワカラナイネー」とふざけた。桜彦は、本気で克郎の尻に蹴りを入れようとしたのだが、まんまと逃げられてしまう。

紳士までの道のりは、遙か彼方に霞んで見えた。

4

――どうしてこんなことになっているのか。

桜彦は目の前の姿見をひたと見つめるが、そこに映っている自分が信じられない。

なにこれ。

こんなの……あり得ないだろ。

こんな滑稽な……いや、滑稽ならまだいい。まだ救いがある。笑いに逃げることができる。

だが。

「まあまあまあ、桜彦坊ちゃま……！　なんてお似合いなんでしょう！」

タマさんが心から楽しそうな声を出し、桜彦は返す言葉もない。

……迂闊《うかつ》だった。タマさんはタカラヅカファンなのだ。男装の麗人が大好きなのだから、女装に抵抗がなくても不思議ではない。うきうきと、そして電光石火の早業《はやわざ》でサイズもぴったりなドレスを調達し、胸にはパッドを押し込み、髪をふんわりと膨らませ、手際よく化粧を施した。

誰に？　もちろん、桜彦にである。

もとはと言えば、克郎のわがままから始まったのだ。

二度目のレッスンが終わったあと、克郎はもうダンスはごめんだと抵抗しだしたのである。

やれ、やらない、やれ、あのダンス教師は気味が悪い、カマっぽいけど優秀な先生なんだぞ、前歯が出てるし、関係ないだろ、とにかくいやだ、いやだですむか――

特訓を始めて三日目の夜、九重邸の離れにあるリビングルームでふたりは言い争っていた。克郎は窓枠にもたれかかり、気怠《けだる》そうに腕組みをして吐き捨てる。

「そんなに言うなら、せめておまえが教えろ。今にもシェーとポーズを取りそうなあの教師だけは、我慢がならない」

「僕が？」

「そうだ。踊れるんだろ？」

「踊れるに決まってるだろ！　やれってんなら、女性のステップだってできるよ！　わかった、僕が教える。今度は途中で放り出すなよ、そんなの男らしくないぞ！」

ふふんと克郎が笑い「いいだろう」と答えた。おまえに男らしくないなんて言われたくないね……そんな顔だった。そして更に、悪巧《わるだく》みを思いついた子供みたいな目を向け、

「けど、男と踊るってのは、実に興《きょう》が削がれるからな。ちゃんとドレスを着て、レディになって俺の相手をしろよ」

などと言いだしたのだ。

もちろん、冗談じゃないと撥ねつけた。ドレスを着るということは、つまり女装である。バカらしい、なぜ桜彦がそこまでする必要があるのだ。

「じゃ、練習はしない」

「おい！」

「俺はべつにダンスを覚えたいわけじゃないからな、それでもいいんだ」

「雇用主がやれって言ってるんだよ！　こっちは遊びじゃないんだから！」

「遊びじゃないだと？」

冷たく、鋭い視線で睨《ね》めつけられ、桜彦はややたじろぐ。克郎がこんな顔をすると、怖いほどの迫力があるのだ。

だからといって退くわけにはいかない。膝に力を入れて、その場で踏ん張った。

「そうだよ、あ、遊びじゃない」

「マジなら、ドレスくらいなんでもないだろうが」

「それとこれとは……」

「半端な気持ちじゃないなら、なんだってできるはずだ。捨て身になれるはずじゃないのか。バカらしいだの、恥ずかしいだの、言ってられるのは、まだ本気になってないからだ」

「そ……」

「できない理由ばっか並べ立てんのは、やめろよな。これだから金持ちの坊ちゃんは困る」

克郎はわざと桜彦が一番癇《かん》に障るセリフを言う。そして窓から離れ、つかつかと歩み寄った。

「俺に紳士を要求するなら、おまえも淑女になってみろよ。男なら、本気を見せてみろ」

この時点で、桜彦の頭にはすっかり血が上っていた。

おお、こうなったら俺のマジ、見せたろうやないかい。と、なぜか関西弁で自分に啖呵《たんか》を切り、ふたりを見ておろおろしていたタマさんについ「準備してっ」と頼んでしまったのである。いや、いくらかはタマさんが止めてくれるだろうという期待はあったかもしれない。

だがタマさんは……むしろ張り切ってしまったのだった。

「♪菫の花ァ〜　咲くころぉ〜。さ、桜彦坊ちゃま、お仕上げしますからお座りになってください。グロスを塗りましょうね」

「うー……なにこれ、ベタッとして気持ち悪い。口にラップ貼りつけたみたいだよ……」

「舐めちゃだめですよ」

「なんかいろいろ塗ったから、顔が重くなった気がする……」

「なにを仰るんです。ごく軽くしかメイクしてませんのに。坊ちゃまは肌が綺麗でいらっしゃるから、そう塗る必要はないんです。鈴香様など、この三倍は塗られています」

桜彦は、再度鏡を見つめる。

アンティークの椅子に腰掛けているのは、頬を染めたうら若いご令嬢だ。髪を飾るバラのモチーフが揺れている。

シルクのドレス、生地色はパールホワイト。そこに、ピンク系の濃淡で、大輪のバラがプリントされている。プリントにインパクトがあるぶん、形はシンプルなプリンセスラインだ。

スカート丈はくるぶしよりやや上で、踊るのに邪魔にならない程度の広がりがある。足元には、六センチヒールの華奢なパンプス。色は白、ここにもバラのモチーフ飾り。桜彦の足のサイズは二十五センチ、女性用でも間に合ってしまうあたりが悲しい。

「さあさあ、ダイニングホールでレッスンできるように片づけてあります。克郎さんがお待ちかねですよ」

促され、桜彦は立ちあがった。慣れないヒールに一瞬ぐらつく。

「ちっくしょう……こうなったら、開き直ってやる。僕は深窓の令嬢だ、深窓の令嬢だ、深窓の令嬢だ……」

自己暗示をかけ、深呼吸をひとつ。

そしてシャンと背筋を伸ばす。恥ずかしがったら負けだ。鈴香に負けるわけにもいかないし、克郎の挑発にだってやはり負けられない。

タマさんに続いて、ダイニングへと続く廊下を歩く。少しずつ、ワルツの音楽が近づいてくる。克郎が自主レッスンをしているのだろうか。

「やっと来たか。遅いぞ、ドレスを着るのに何時間——」

中に入った途端、克郎が文句を言い始めた。

だが言葉は途中で切れ、桜彦を凝視する。

「な、なに。そっちがドレスって言ったんだぞ、おかしくても笑うなよっ」

ただ桜彦を見つめるだけの克郎を睨み上げる。互いに盛装してレッスンという約束なので、克郎も今日の昼に届いたタキシード姿だ。髪がぼさぼさなままなのは置いておくとして、やはり体格がいいので充分に着こなしている。

「……その声は、本当に桜彦なんだな」

「あたりまえだろうがっ」

「いやー……よく化けたもんだなおい……おまえ本当は女だったってことないよな？」

「ないよ！」

「だよなあ。ちゃんと握ったもんな、俺」

思い出したくないことを思い出し、桜彦の顔と首が真っ赤に染まる。なにを握ったんです、と首を傾げるタマさんを「集中したいから」とダイニングホールから追い出して、オーディオのリモコンを握りしめ、プレイボタンを押した。

「れっ、練習するぞっ」

「言っておくが、ステップはだいたい頭に入ってんだぜ」

「ダンスってのは、ステップだけじゃないんだよ。ほら……ホールド！」

「おう」

ふたりで組んでみる。女性はしなやかに反り返らなければならないので、桜彦にはやや困難なのだが弱音は吐かないと決めていた。子供の頃、体操教室に通っていたので身体は比較的柔らかい。

ウィンナワルツの音楽が始まる——曲は定番中の定番、美しき青きドナウだ。

「はい、ワンツースリー、ワンツースリー、もっと音楽聴いて！」

「聴いてる」

「ワンツースリー……ああ、ちょっと待って、ストップ！」

一度身体を離し、桜彦は腰に両手を当てて首を横に振る。

「ダメ。ぜんぜんダメ」

「なんだよ、間違ってないぞ」

「間違ってないけど、踊れてない」

「踊れてない？」

「ムードがないんだよ。ロボットと踊ってるみたいだ」

確かにステップは合っている。リズム感も、思ったほど悪くない。

だが問題は、それ以前のところにある。身体は動いているが、流れていない。ワルツとは流れるように、そして軽やかに回転しながら踊るものだ。そうでなければ美しくないし、踊っている当人も楽しくない。これではダンス教師も苦労しただろう。

「それに、ちっともリードしてないじゃない。ただ組んで勝手に踊って、ときどきパートナーを振り回してる感じ。こっちはか弱い女の子なんだから、もっと優しく扱ってくんなきゃ」

「なんだよ、ドレス着たらすっかりその気になったのか？」

「なんとでも言ってくれ。僕はとにかくあんたにワルツをマスターしてもらわなきゃなんないの。えーと、まず、組み方も不自然なんだよ。ほら、ホールドしてみて？」

「こうだろ？」

「もう少し近づいて、肘は張って、肩はあんまり上げない。姿勢はよく、でもガチッと固まっちゃだめ。もっと柔らかく。……なんでそんな怖い顔してんの。そうだ、好きな女の人のことでも思い浮かべてよ」

まず心理面から攻めていこうとした桜彦だったが、克郎の答えは「そんなもの、いない」とけんもほろろだった。

「いないの？　さみしい人生だな」

「余計なお世話だ」

むくれた克郎がホールドを解いてそっぽを向く。下手に機嫌を損ねてはいけないと、桜彦は慌ててつけ加えた。

「好きまでいかなくてもさ、ちょっといいなと思った相手くらいいるだろ。過去の話でもいいし」

「……。ちょっと可愛いじゃねえか、っていうぐらいなら……あった、かな」

「それっ。それそれ、それでいこう！　えっと、その子と踊ってるつもりになればいいんだよ。で、その子ってどんなタイプ？」

視線を泳がせて、克郎は顎を掻く。

東京に来てからは、うるさく言って毎日髭を剃らせているので、すっきりと綺麗な顎だ。

「顔は、いい。かなりの美形だな」

「へえ」

「だが世間知らずで、性格的にはやや自分勝手な傾向がある」

「あー、もしかして、結構なお嬢様なんじゃないのか？」

克郎が「そうだ」と頷く。

「だが根は悪い子じゃない。素直だし、これと決めた物事に対しては一生懸命だ。……ときどき、どこかすっとぼけていたりもして……そんなところが可愛い」

「もしかして、わりと若いの？」

「おまえとそう変わらないかな」

意外な気がした。克郎のタイプは、もっと大人の女性なのかなと思っていたからだ。

美人で、サバサバしていて、力持ちで、薪などスパーンと簡単に割ってしまうような人。そんな人と、山でのびのび暮らすのが克郎には似合う気がする。

大自然の中で、ひたむきに働く。

汗をかいたら温泉まで下りて、ゆったりと広い風呂に浸かる。

自分で焼いた炭を熾《おこ》し、山が与えてくれたご馳走を食べる。

そばにはジコがいて、クゥンと鼻を鳴らす……。

なぜだか、ふいにあの石の小屋が恋しくなってしまった。水洗トイレもないような場所なのに。

「どうした、桜彦」

「ん、なんでもない。……ジコ、元気かなと思って」

「ちゃんと預けてきたから安心しろ」

「うん。……じゃ、まあ、顔は違うだろうけど、僕をその子だと思ってみてよ。素直な子なら、きちんとリードしてあげなくちゃ。ほら、もう一回ホールド」

再度、ふたりでファーストポジションを取る。大きな手だな、とちょっと意識してしまった。

音楽が流れ、ステップが始まる。

「女の子が踊りやすいように、導くんだ。腕だけじゃない。身体全体を使ってだよ。ワンツースリー、ワンツースリー……そう、今の感じ。ライズアンドフォールを大切に。レディを守るように、レディを楽しく踊らせてあげる。そうそう、よくなってきた」

さっきのぎこちなさはどこへやら、克郎のリードは格段の進歩を遂げていた。ステップはほぼ完璧なので、余裕すら生まれてきている。

滑《なめ》らかな足遣い。

くるりと回転する。ドレスの裾がふわりと舞う。桜彦も楽しくなってきた。

嗜みとして習得してはいるものの、桜彦は特別にダンスが好きなわけではない。まだ十七だし、男にしては小柄なほうなので、女性へのリードが難しいのだ。

もしかして、女性パートのほうが向いているのか？　など埒《らち》もないことを考えてしまう。

「ワンツースリー、ワンツースリー……優しく、心を込めて……自分もダンスを楽しんで……あ、あとね、視線が大切だよ。ちゃんと顔を見て、見つめ合って」

「――こうか？」

克郎が、真正面から桜彦を見る。あたりまえなのだけれど、とても……とても近い位置だ。踊りながら、克郎の視線に搦《から》め捕られていくような気分になる。

胸の中がざわめく。

「そ……そう」

「こら。おまえが目を逸らしてどうする。練習にならない」

「あっ、そうか……そうだよな」

無意識のうちに下がっていた視線を上げた。見つめろと言ったのは自分なのに、妙に緊張する。耳が熱くて、自分が赤くなっているのがわかる。

克郎の顔の、どこを見ればいいのだろう。

凛々しい眉、ややきつい目、男の色気満載の唇……どのパーツを見ても落ち着かないのだ。

心臓がトクトク歌っている。速いテンポはなかなかペースダウンしない。それどころか加速していくようだ。

どうしたんだよ、僕ってば――。

ステップへの集中力が落ちて、つい克郎の足を踏んでしまった。

「いてっ」

「ご、ごめん」

「つつ……ほら、ステップずれてるぞ。違うだろ、ワンツースリー、ワンツースリー……」

「あ、あ、そっか……」

「そう、ワンツースリー……って、なんで俺がおまえに教えてんだよ」

まったくだ、と桜彦も自分に呆れて少し笑った。克郎もにやにやしている。

やがてステップは戻り、笑ったことで身体から無駄な力も抜け、心臓のざわめきも落ち着いてきた。がっしりした肩、太い腕——思い切り身体をしならせても、克郎はしっかり支えてくれる。安心して、音楽に乗ることができる。

楽しい。ワルツは何度か踊ったことがあるが、こんなに楽しいのは初めてだ。

「どうだ？」

「うん、すごくいいよ。克郎さん、筋がいい」

桜彦はうっとりと曲に酔った。今なら目を閉じても踊れそうだ。ふわっ、ふわっ、とターンのたびに身体が浮き上がるような気分になる。コツを呑み込んだ上に、もともと勘がいいのだろう。克郎のリードは基本の範疇《はんちゅう》から出てはいないものの、的確だった。

ああ、もうすぐ曲が終わっちゃうな……

それが少し、残念な気分だ。

いつまでも、踊っていたい。今はパーティーじゃないけど。ここは自分の家のダイニングだけど。男のくせにドレスなんか着て、バカみたいな僕だけど——ずっと、この腕の中で……

音楽が、終わってしまう。

ホールドの腕は下ろしたけれど、桜彦はまだ克郎の腕の中にいた。背中とウエストに、腕が緩く巻きついている。

見つめ合う。

夢中で踊っていたので、桜彦は少し息が上がっていた。肺活量が違うのだろう、克郎は平然としている。自分ばかりがハァハァと息を乱し、桜彦は少し恥ずかしかった。

「あはは、ちょっと、張り切りすぎたかな……息が——。克郎さん……？」

克郎は桜彦から視線を逸らさない。思いの外長い睫に気がついてしまうほどの距離感だ。

そのまま抱き寄せられて、腰が密着する。驚いて上半身を反らすのだが、今度は背中に手を当てられてなお引き寄せられる。

「あの……」

顔が近づいてくる。

え、嘘——。

桜彦の身体は緊張し、肩がギュッと縮こまってしまう。脚が動かない。

背中に当てられている克郎の手がスッと上がり、指先がうなじを辿る。

「あ……」

途端に、力が抜けてしまう。うなじにあった手がそのまま前に回って、顎を軽くすくわれた。

ふたりの顔はもう鼻先が触れ合いそうに近い。顎を軽く支えていた指に頬を撫でられた時、桜彦は目を閉じた。これ以上、克郎を見つめていることなどできなかった。

どうしようどうしようどうしよう——キス、される………

克郎の吐息が、唇に触れる。

だがそのまま口づけることはなく、耳の位置に逸れていった。耳たぶの産毛を擽るように、克郎が囁く。

「……こんなもんか？」

乾いた声に、桜彦は目を開けた。

「こんなもんでどうだよ。鈴香は落とせそうか？」

桜彦は更に目を見開き、全身を硬くする。

心臓を、いきなり氷水に浸けられたような気分だった。克郎の腕を振りほどき、よろけるように数歩後ずさる。

「そ……そうだね」

声が震えてしまうのを止められない。

「悪く、なかったよ。……はは、わりと、手慣れてるんじゃん」

額が熱い。火が出そうに熱くて、なのに頭の芯と指先は、氷みたいに冷たいのだ。

「ま、おまえよりは経験があるからな。ああ、慣れない姿勢は疲れるぜ」

腕を回しながら、克郎は部屋の隅に移動させてあった椅子にどっかりと腰掛ける。大きく脚を広げた格好は、紳士とは言い難い。注意しなければいけないと思うのだが、なぜか今は克郎と口を利くのがつらかった。

「僕……着替えてくるから」

「待てよ」

「靴が、痛いんだ」

「待てってば」

強い調子で引き留められ、仕方なく桜彦は振り返る。なに、と聞く声が掠れてしまう。

「おまえ、そうまでして、九重の跡取りになりたいのか？」

「……そうだよ。そう言っただろ」

「俺みたいな炭焼き風情でも九重グループと、九重七曜の名前くらいは知ってる。日本屈指の大財閥で、先代の九重会長は相当癖のある人だったって話だよな。今の会長も、かなりのワンマンで、周囲の人間は苦労が絶えないらしい。側近が年に数人は過労で入院するって話じゃないか」

「だから？」

「それでも、会長についていく人間は多い──それだけ、すげえ人なんだろおまえの親父さんは」

「仕事以外はすべて犠牲にしてきたけどね」

「おまえ、そんな人生でいいわけ？」

どこか憐れむような眼差しで、克郎が聞く。

「……どういう意味だよ」

「仕事以外のすべてをなげうつような人生で、いいのかってことだよ。九重グループ全従業員への責任を、おまえのその細っこい肩で背負えるのか？　どう見ても、親父さんから帝王学を叩き込まれたようには見えないぞ」

「そんなの、これから勉強すればいい」

「グループの中に、おまえの後ろ盾をしてくれる人はいるのか？　味方はいるのか？　遭難しかけたおまえを、誰も捜しに来ない、心配しているのはタマさんだけ──悪いけど、ほとんど孤立無援って感じじゃないか。そんな状態で、無理に家督を継いでも……」

「うるさいな！」

耐えきれずに叫ぶ。克郎の言葉を聞いていられないのは、その指摘がいちいち当たっているからだった。

「これは僕の問題だ！　克郎さんは関係ないだろう！」

味方はいないに等しい。タマさんだけでは話にならないのはわかっている。

仮に桜彦が跡継ぎになることを喜ぶ連中がいるとしたら、それは桜彦が御《ぎょ》しやすいと思っているからだ。無害な羊を傀儡《かいらい》とし、自分がグループを牛耳《ぎゅうじ》りたいと思っている連中ならば、鈴香よりは桜彦を選ぶ。せいぜい、その程度の話だ。

事実、鈴香は何人かの重役たちを取り込んでいる。

女とはいえ、あの二面性のあるきつい性格は、ある意味しのぎを削るビジネスの世界に向いている——そう判断する者もいるのだ。

「そりゃ、関係ないけどな」

今まで桜彦に向いていた視線が逸らされる。

「けど、そんなに家督ってのは大事なもんなのかと不思議でね。……ま、莫大な財産だもんな。欲しくなるのが普通か」

「ちが……」

財産なんか、欲しくないのだ。

金の問題ではない。そうではない。

ただ桜彦には、この家に、九重家に、連れてきたい人がいる。それだけなのだ。けれどそれは決して口にしてはならないことで——ならば克郎に、わかりやすい理由を与えれば、納得してくれるのだろうか。

「そう……だよ。悪い？」

作り笑いで顔を歪ませる。

「誰だって、この家の総資産額を聞いたら、自分のものにしたくなるよ。それに、僕は長男なんだ。九重七曜の血を引いているんだ。僕が跡を継ぐのが当然だろう？」

「さあな。俺にはわかんねえし……興味もない」

「お、お金が欲しくちゃ、いけないわけ？」

「誰もそんなこと言ってないだろ」

「あんたみたいにひとりで山に籠もって、炭焼いて、それで幸せならいいだろうけど、僕はそうはいかないんだよ！」

「おい、なに興奮してんだよ。俺に当たるなよ」

「田舎者にわかるかよ！」

桜彦が叫んだ直後、克郎が大股で歩み寄ってきた。俯いた視界に、克郎のドレスシューズが入る。すぐ目の前で、歩みは止まった。

「……顔上げろ」

静かな、だが逆らい難い声だった。桜彦は拳に力を入れたままで、顔を上げる。もしかしたら、という思いはあった。そしてその予感は的中した。

パシッ、と頬で音が鳴る。克郎の腕力からすれば、ごく軽く。だがそれなりに痛みはあったし、カアッと叩かれた部分が熱くなる。

「田舎者をバカにするな」

きっとそう言うのだろうと思った。克郎は、そういう人だ。自分を貶《けな》されるならばまだしも、田舎を、大切な自分の土地を誰かが貶《おとし》めることは、決して許さない。

悲しさと可笑しさが同時に込み上げてきて、桜彦の口元がフッと緩む。

克郎の目には生意気な笑いに映ったことだろう。そのまま黙って部屋を出ていってしまう。

誰もいなくなったダイニングルームで、桜彦は少しだけ泣いた。

＊＊＊

つやつやの、苺を手に取る。

クリスマスケーキを作る人が多いからだろうか、この時季苺は比較的簡単に手に入るけれど、やはり高価だ。それでも桜彦はデパートの地下で一番高いパックを選び、牛乳と一緒に買った。

支払いには、夏休みに、少しだけ友人の代打で勤めたバイト代を使った。

ビデオレンタル店でのアルバイトは時給八百円。何度も先輩バイトに「こんなことも知らないのか」と叱られたが、約束の一週間はやり遂げた。

働くって大変なんだなと、わかり切ったことを何度も何度も思った。

また機会があったらアルバイトをしたいと思っている。

お見舞いの品だけは、できれば自分が汗水流した金で買いたいからだ。

病院は遠い。電車で二時間弱、更にバスで三十分。

でも運転手つきの車で行くことは絶対にない。雨が降ろうと雪が降ろうと、電車とバスを乗り継いで行く。それをちっとも苦だとは思わない。

「お母さん」

「おうちゃん」

おうちゃん、などと呼ばれるのはさすがにもう恥ずかしい。何度も母にそう言うのだけれど、母はなかなかやめてくれない。隣のベッドのお婆さんにまで「おや、おうちゃん、こんにちは」などと言われてしまう。最近はもう諦めて、この病院ではおうちゃんでいることにした。

病院――正式には付属病院のある療養所だ。

母の長患《ながわずら》いは、急に悪くなることもなければ、退院できるほどによくなることもなかった。この療養所には、もう三年入院している。以前はもっと遠くの療養所に入っていた。

どう、と聞くと「今日はあまり起きてはいけないんですって」と笑いながら答える。頬がほんわりと赤いのは、熱があるからなのかもしれない。

「横になっててていいよ？」

「そこまでひどくはないの。さっきまで、テレビを見ていたのよ。……あら、苺」

「うん。牛乳も買ってきたよ。潰して食べようよ」

そう言うと、いくつになっても少女のような顔で「嬉しい」と答える。

初めてこの母を見た時の驚きを、桜彦は忘れていない。本当にびっくりしたのだ。あまりに自分にそっくり……もとい、桜彦が母にそっくりなのだ。

食堂のおばさんに容器を借りて、光る苺の上に、白い砂糖を振りかける。

「苺がお化粧しているみたいだわ」

母は、発言までが少女じみている。

桜彦は自分のハンカチを母の膝に広げて、苺の果汁が布団を汚さないようにした。苺が半身浴をする程度にミルクを注ぎ、ひとつずつ潰していく。

甘酸っぱい香りがふんわりと広がり、クリスマスもまだなのに、なんだか春を思わせる。

「おうちゃん、どうしたの？」

「ん？　なに？」

問いかけられて、視線を上げる。

「なんだか、元気がないわ」

「どうして。いつも通りだよ？」

とぼけると、母は小さな唇を尖らせて「ダメダメ」と言った。

「わかるのよ、これでも母親だもの。入ってきた時から、ちょっと背中が丸いし、話し方もいつもより沈んでるわ」

「そうかな」

「そうよ」

苺を受け取り、母が「話してご覧なさい」という目で桜彦を見る。

確かに、気分は沈みがちだ。

克郎が上京して一週間が経つ。紳士特訓の成果は——ないわけではない。

見た目は余裕でクリア、ダンスもクリア。テーブルマナーもそれなりに板についてきたが、会話だけは相変わらずいただけない。上品で、女性を喜ばせる気の利いた会話など、克郎には無理なのかもしれない。いっそ黙っていたほうが、ミステリアスな美男子を演出できるだろうと、最近ではあまりうるさいことを言わないようにしている。

無口な紳士というのも、ありだろう。

クリスマスパーティーまで、あと数日しか残されていない。

鈴香をダンスに誘い、印象づけることが最低条件。理想的なのは、ラストダンスも一緒に踊り、そのままどこかに連れ出し、既成事実を作ってしまうことだ。

「その夜にもうやっちまえってのか？　紳士って、そういうもんなのか？」

克郎は呆れたように言った。だが、のんびりしている時間はない。早く鈴香を夢中にさせて、年内いっぱいは、克郎がいれば他になにもいらないという気持ちにさせてもらわないと困る。

更に、こんなことも言っていた。

「おまえさ。少しは、考えないのか？　いくら気に入らない姉貴だろうと、誰かに惚れて、でもそれが策略だったとわかった時……どんな気持ちになるのか。どんなふうに傷つくのか。そういうこと、少しも考えないのか？」

桜彦は、なにも答えなかった。答えられなかった。

そんなこと、考えない。……正しくは、考えないようにしている。考えてしまったら、肝の据わっていない桜彦には、こんな卑怯な手口は使えなくなってしまう。

「最近知り合った人がいるんだけど」

母は小首を傾げる仕草で、話の続きを促す。

「その人に、軽蔑されている気がするんだ」

視線を落とし、苺の果汁がミルクと混ざっていく様子を見つめながら桜彦は話した。

「……軽蔑されても仕方ないこと、してるんだけどね。でもそれは僕にとって、どうしても必要なことで……」

「まあ、難しいのね」

「難しいんだ」

顔を上げて、母に笑ってみせた。この人に心配をかけてはいけない。

母は美味しそうに苺を口に運びながら、

「おうちゃんは、その人のことが好きなのね」

などと言いだした。

「え、違うよ。その人男だもん。そういうんじゃないよ」

「そう？　でも好きなのよきっと」

「お母さん、変なこと言わないでよ」

「変な意味で言ってるわけじゃないのよ？　あら、おうちゃん顔が苺のよう」

赤面している、と言いたいのだろう。桜彦は「ここ、暖房効きすぎだよ」とごまかしてみたが、かえって恥ずかしくなった。

「好きな人に、軽蔑されるのはつらいわね」

「……あのさ。どうしても、自分がしなきゃならないことのために……誰かを傷つけるっていうのは、やっぱりよくないことなのかな」

「おうちゃんにとっては、よくないことなんでしょうね」

「どうしてわかるの？」

「だって、気にしているでしょ？　気になるということは、罪悪感があるんじゃないのかしら」

なるほど、正しい指摘だなと思った。自分は間違っていないのだという明確な自信があれば、こんなふうにぐらぐら迷ったりはしないはずだ。

桜彦は、想像してしまう。もし、自分だったらと、想像してしまう。

好きになった相手に騙されるのは悲しい。

すべて仕組まれていたのだとわかった時、どんな気持ちになるだろう。自分を見つめてくれた瞳も、囁かれた言葉も、全部嘘だったと知った瞬間、胸はどれほど痛むだろうか。

ふたりで踊った日――克郎のキスが演技なのだとわかっただけで、心が砕けそうだった。

なのに桜彦は、もっと残酷な企みを実行しようとしているのだ。

「ねえ、おうちゃん」

母に呼ばれ、目を合わせる。

優しい目元はよくよく見れば浅い皺が走っている。母ももうすぐ五十五歳になる。

「あなたが困っていることに、私は関係しているんじゃないかしら？」

「違うよ、そんなことないよ」

落ち着いて、きちんと答えたのに、母は噴き出すように笑って、「嘘をつくのが下手な子ね」と決めつける。

「嘘をついているときのおうちゃんはね、必ず二度続けて否定するの。今みたいに」

「お母さん、本当に違うんだ」

「そう？　それならいいの。わかったわ」

あなたが本当のことを話したくないのはわかったわ――母の顔はそう言っていた。

「おうちゃんがなにか無理をしていると、だいたい私のことが関係しているから……ちょっと心配になったの」

違うよ、と繰り返すことができない。母親というのは、誰でもこんなふうに我が子に関しては勘が働くのだろうか。

「あまり無理しないで。私は幸せよ。今のままでも充分に幸せ」

「……嘘」

「嘘じゃないわ。だって、病気は悪くなっていないし、お金の心配もない。こんな可愛い息子がいて、ときどき会いに来てくれるのよ。私の大好きな苺を持って」

でも、帰れないじゃないか。

帰る場所がないじゃないか。

桜彦は俯いて、潰れた苺を凝視する。苺が歪むのは、涙が溢れそうだからだ。

「おうちゃん。幸せって、わりと小さいものよ」

「え……」

「そうね。この、苺くらい。こんなものだと思うの。うっかりしてると、手のひらから落ちてしまうくらい」

なにも持ってはいない手のひらを上に向けて母が言う。そこに見えない幸せが載っているような気がして、桜彦は目をこらしてしまう。

もちろん、見えるはずもない。

「私はこれを、落とさないように、大切にしたいの」

母はもう片方の手で、見えない幸福をそっと包む。雛鳥を温めるかのように、そっと。そして、

「おうちゃんの幸せは、なにかしら」

そんなふうに聞いた。

「幸せ？」

「そう。その手のひらで守りたいものはなにかしら」

「それは……だから、お母さんだよ」

「ありがとう。でも私だけじゃだめだわ。だって、たいていの親は子供より早く死ぬんだもの。私がいなくなったあとにも続く幸せを見つけてくれなくちゃ」

そんなことを言われても困る。

母が死んだあとのことまで、考えたことはない。桜彦は途方に暮れて、食べ終わった苺の容器をベッドサイドに置いた。

「先のことは……わからない」

「想像してみて」

いつもの、母の口癖だ。

「思い描いて？　おうちゃんのそばには、誰がいるのかしら。どんな暮らしをしているのかしら。どんな仕事をしていて、お休みの日はなにをしているのかしら」

「僕は、九重家の跡取りだから」

無意識のうちに、早口になってしまう。

「だから、すごく忙しいと思うよ。なにしろ、九重グループの会長になっているんだから、毎日会議の連続で、あとは各社を視察に行ったり、海外出張なんかもしょっちゅうで、休日返上で仕事をしているんだよ、きっと」

「そう。そうかもしれないわね」

母は優しく微笑んで言った。いつもと同じ声なのに、「本当にそれでいいの、それがあなたの幸せなの」と聞かれているような気がしてしまう。

わからない、幸せなんて。そんな難しいこと、わからない。想像なんてできない。

ふと、あの小屋を思い出した。

囲炉裏端《ばた》で食べた簡素な食事。煎餅布団の、暖かい寝床。隣に眠る人の吐息。乱暴に頭を撫でられて「えらかった」と誉められたあの時。

尻尾を振って、追いかけてくるジコ。

それから……晴れた朝の、輝く銀世界。

どうしてこんなことを思い出してしまうのだろう。自分でもわからなかった。

5

鈴香の主催するクリスマスパーティーまで、残すところ二日と迫った。

言い争いになった日以来、桜彦と克郎はどこかぎくしゃくしたままだ。克郎は桜彦の頬を張ったことを謝らないし、桜彦も自分から歩み寄ろうとはしなかった。互いにむっつりしたまま、必要な言葉だけを交わす。

朝、ホテルに迎えに行って、夜は送り届ける。

車の中の沈黙がたまらなく重い。最近の克郎は、桜彦の伝えるスケジュールをただ黙々とこなすだけだ。文句を言わない代わりに、にこりとすることもない。

きっと、桜彦のことを、金や家督にばかり拘《こだわ》るバカな奴だと思っているのだろう。

以前、克郎は言っていた。山には全部あると。克郎に必要なもののすべては、あの豊かな大自然の中に存在するのだ。

一方で、桜彦が欲しているものは山にはない。

つまり桜彦が必要とするものは、克郎にとってはまったく無意味なものでしかない。

――こういうのを、価値観の違いっていうのかな。

ぼんやりとそんなことを考えながら歩く。日暮れの風が耳に冷たい。

今日は桜彦もパーティー用のスーツを新調するため、最終フィッティングに行ってきたところだ。明日には、オフホワイトのタキシードが届く手はずになっている。黒のタキシードも持ってはいるが、どうにも桜彦には似合わないのだ。黒の盛装は、体格の完成された大人の男でなければ着こなせない——たとえば、克郎のような。

軽く頭《かぶり》を振る。

どうして克郎のことばかり考えてしまうのだろう。今はそんなことより、いかに九重の家督を手にするかを考えるべきなのに。

「ただいま」

「坊ちゃま、大変。大変ですよ」

ぱたぱたと小走りに出迎えてくれたタマさんは、桜彦の顔を見るなり声を潜《ひそ》め、リビングへと続く扉を指さす。

「見つかってしまいました」

「見つかったって、なにが？」

「克郎さんですよ。つい一時間ほど前、突然に鈴香様がいらしたんですが、克郎さんと一緒だったんですよ！」

「ええっ！」

つい出てしまった声に、慌てて口を閉ざす。

克郎の今日のスケジュールは、ホテルからスポーツクラブ、午後は英会話レッスンだったはずだ。パーティーには外国人も出席するので、最低限の挨拶と時候の会話くらいは習得させようと思ったのである。

「あら、桜彦さんお帰りになったの？」

鈴香の声だ。機嫌はよさそうだった。タマさんが「私は素知らぬふりをしていましたから」と囁き、すぐに離れていく。

「鈴香姉さん」

リビングに入ると、笑顔で出迎えてくれた。

「こちらにいらっしゃい。お友達を紹介するから」

お友達？　どういうことだ？

わけのわからないまま、とりあえず作り笑顔だけは忘れずに桜彦は奥へと進む。アンティーク調のテーブルにティーセットと菓子が並び、ベージュのラムスキンを使ったソファでは克郎がくつろいだ様子で脚を組み、腰掛けていた。

「きみが弟？」

桜彦を見るなり、立とうともせずに言う。

顎を上げ、桜彦を見る克郎の雰囲気はいつもと違う。イタリア製のスーツをちょっと嫌みなくらいに着崩し、遊びに長《た》けた悪い男の表情をしている。

……なんだ、こんな顔もできるのか。

「はい。姉がいつも、お世話になってます」

「べつにお世話はしてないけどな、まだ知り合ったばかりだし」

「そうなんですか。よろしくお願いします」

ここは話を合わせるしかない。桜彦は軽く頭を下げながら考える。おそらくふたりは街中のどこかで偶然会ったのだろう。そして、どういう話の運びになったのかはわからないが、鈴香は克郎をこの家に招待したのだ。

「なるほど、女の子みたいだ」

「ね。可愛いでしょう。自慢の弟なの、さ、桜彦さんもかけて」

「あの、こちらの方は……」

「山田《やまだ》克郎さんよ。東北一帯で、リゾート開発を手がけてる会社を経営なさっているんですって」

山田……本名だろうか。なんだか取ってつけたような感じもする。

「うちのリゾートは南ばかりだから、憧れるわ。広大な銀世界って、とても癒されるんでしょうね、すてき」

広大な銀世界に弟を置き去りにしたくせになにを言ってるんだ——と、罵《ののし》ることも腹の中でしか許されない。克郎は「寒いけれど、温泉だけはたっぷりあるからね」などと答え、いっぱしの青年実業家気取りをしている。

克郎たちの向かいに座ったはいいが、桜彦はどうにも落ち着かなかった。

だいたい、おかしいではないか。先日、ジュエリーショップでの初対面は最悪だったはずなのに、なぜ今ふたりは隣同士に腰掛け、にこにこと会話を交わしているのだろう？

「今日ね、たまたまスポーツクラブで克郎さんをお見かけしたのよ。泳ぐのがすごくお上手なの。インストラクターも驚いていたくらいよ」

それか、と桜彦は察する。手配していたスポーツクラブは姉も会員になっていたのだ。ここ数か月、まったく通っている素振りがなかったので油断していた。

「そうなんですか。山田さんは、立派な体格をしておいでですね」

「克郎でいいよ。きみはずいぶん細いな」

「僕は運動が苦手で」

「桜彦さんは子供の頃も、走った途端に転んでたものねえ」

うふふ、と鈴香は優しげに笑った。

そう、よく転んだものだ――この姉に足を引っかけられて。

「克郎さん、今度私にクロールを教えてくださいます？」

「いいけど、俺は厳しいよ」

「まあ怖い。でも頑張りますわ。五十メートル泳ぎ切れるようになりたいの。息継ぎが、うまくいかなくて……こうかしら？」

「ああ、違う。顎を上げちゃだめだ。顔は横に上げる」

「こう?」

「そうじゃなくて、こう」

クロールの仕草をする鈴香の腕と頭に触れ、克郎がフォームを矯正する。

「横から、天井に向ける感じだ」

手が……あの大きな手が鈴香の頬に触れる。

それを見た途端、桜彦の胸の奥がツキンと疼《うず》いた。

え、なんで? どうして胸が痛くなったりするんだ……?

理由もわからないまま、桜彦は下を向き、タマさんが持ってきてくれたばかりの紅茶を手にする。

指先が震えて、琥珀《こはく》が揺れた。

「わかったわ、こうね?」

「そう。もう少し、肩を回す感じで……そうそう、よくなった」

「ふふ、克郎さん、そこ、擽ったいわ」

ずいぶんと、仲がいいではないか。

ベタベタ触り合って、なにやら楽しげで……鈴香は男の趣味が変わったのか? 紳士に仕上げる予定の克郎だが、出来上がりは六割方というところだ。まだまだ荒っぽい雰囲気が残っているし、口調など普段とほとんど変わらない。

そして、それでもやっぱり——かっこいいのだ。

ひとしきりのクロール講座が終わると、ふたりはやっと離れた。鈴香の頬は少し上気している。プールに行くのが楽しみだわ。と微笑んで、冷めた紅茶をひとくち飲む。そして黙りこくっていた桜彦に視線を向け、思い出したように言った。

「そうそう、桜彦さん、申し訳ないんだけれど、今夜からタマさんをお借りできないかしら」

「え……」

とまどいを隠せなかった桜彦に、鈴香がにこりと笑いかける。

「明日ね、お茶会があるのよ。でもいつも来ていただく着付けの先生が風邪で伏せってらっしゃるの。タマさん、着付けはすごく上手でしょう？　ぜひお願いしたいのよ。家を朝の七時には出なくちゃならないから、今夜から私のマンションに泊まっていただいたほうが楽だと思うの」

ちょうど紅茶のお代わりを持ってきたタマさんは困惑顔で桜彦を見ている。確かに、鈴香がここに住んでいた頃の着付けはタマさんがしていたが、マンションにまで赴《おもむ》いたことはない。

「だめかしら？」

「いえ……僕は構いません」

他に答えようもなかった。

桜彦がタマさんの給料を払っているわけではないのだし、鈴香もこの家の娘である以上、タマさんを当てにして悪いはずもない。

「ありがとう、本当に助かるわ。じゃあタマさん、お支度してきてくれる？」

「ですが、桜彦坊ちゃまのお夕食が……」

「大丈夫だよタマさん。適当にすませるから」

「ごめんなさいねえ、桜彦さん。私、そろそろ戻らないとならないのよ」

柔らかく笑いつつ、ごく自然に我《が》を張り通す――鈴香の得意技は昔から変わらない。ふくれっ面よりも笑顔のほうが、ずっと有効だと子供の頃から知っているのだ。そして涙は更に有効だと熟知しているので、ここ一番にしか見せない。

「坊ちゃま、お夕食を抜いてはいけませんよ？」

「うん。ちゃんと食べるよ」

桜彦はそう答えたのだが、心配性のタマさんは冷蔵庫に作り置いてある総菜を一通り説明しなければ気がすまないようだった。そしてようやく、一泊の荷造りをしに自分の部屋へと向かう。

「ふふ。タマさんは本当に桜彦さんびいきね」

小首を傾げて鈴香が言った。

「克郎さんも、ホテルまでお送りしますから」

「いや、俺は」

「私がお連れしたんですもの、送らせてください」

チラ、と克郎が桜彦を見る。目が合った瞬間、桜彦は視線を落としてしまった。

「……では、お言葉に甘えて」

克郎の返事に、鈴香が嬉しげに「ええ」と答える。

珍しいこともあるものだ。

鈴香はいつでも男に自分を送らせる立場だった。自分から「送らせてください」などと言う姉を、桜彦は初めて見た。うまくいきそうじゃないか——今日の件は予定外だったにしろ、いい方向に進んでいるのは間違いない。

なのに、なぜだか胸の痛みが治まる気配はない。

桜彦は静かに視線を戻し、ソファに座るふたりを見る。お似合いだ。今まで鈴香の周りにいた軟弱色白美青年より、克郎のほうが断然いい。たとえ紳士になっていなくても、だ。

あたりまえだよ、僕が見込んだ人なんだから……

再び目線を落とし、桜彦は誰にも悟られないよう、溜息を静かに呑み込んだ。

＊＊＊

タマさんがいなければ桜彦はこの広い邸宅にひとりきりになってしまう。いつもはダイニングで摂る夕食も、その夜はキッチンのテーブルでもそもそと食べた。静かすぎるのがいやで、テレビはつけたままにしておく。

食欲はなかったけれど、手つかずのままでは、明日戻ってくるタマさんに「召し上がらなかったんですか」と叱られてしまう。手の込んだお総菜は美味しいはずなのに、なんだか味がよくわからなかった。

食事をすませて、バスを使い、自分の部屋に戻ったのが十時すぎ。まだ寝るには早い時間だが、なんだか気疲れしてしまい、桜彦はベッドの中に潜り込む。絹のシーツがひやりと冷たい。目を閉じる。

克郎は今、なにをしているのだろうと考える。

ホテルの部屋で、ひとりで飲んでいるのだろうか。もしかしたら、そこに鈴香がいるのかもしれない。でも明日は早くからお茶会のはずだし……いや、夜遊び慣れしている鈴香がそんなことを気にするとも思えない。

ふたりでグラスを傾けているかもしれない。

……肩を寄せ合って、夜景を眺めているかもしれない。

「べつにいいじゃない。っていうか、むしろそのほうが、いいはずだろ？」

誰もいないのに、あえて言葉を口にしたのは自分を納得させたかったからだ。

ふたりともいい歳をした大人である。より進んだ展開になったとしても、なんら不思議はない。

克郎が鈴香の肩を抱き、引き寄せていたとしても——。

桜彦は、パジャマの上から胸を押さえる。

痛い。

肋骨の奥の方が、キュウと軋むように痛むのだ。

――おうちゃんは、その人のことが好きなのね。

母の声が耳に蘇る。

布団の中で寝返りを打ち、枕に頬を押しつけて違う、と呟く。だって、男同士じゃないか。

それに、桜彦は本当の克郎を知っている。

髭ぼうぼうで、真っ黒で、何日も風呂に入らないような男だ。人の身体に勝手に触れて、温泉であんなことするスケベな奴だ。なにがリゾート開発会社の経営だ。炭焼き職人じゃないか。厳寒の山で、灼熱の窯の前で、真っ黒になる仕事じゃないか。

汗だくで働く克郎を思い出す。

金赤に輝く炭を掻き出す姿。薪を割る太い腕。桜彦を看病してくれた……優しい、手。

「……ちがう」

頭まで布団を被り、再び呟く。違う。好きなんかじゃない。だから克郎が鈴香と寝ようと、気にするはずがない。もし、万が一、克郎が本当に鈴香を好きになってしまったとしても――。

「……っ」

胸の痛みが増す。

まるで針で刺されているかのように、チクチクと苛《さいな》まれる。

胎児のように丸まって、桜彦はその痛みをやり過ごそうとした。違う、違うと繰り返し、しまいにはいったい自分がなにを否定しているのかもわからなくなってくる。

どれくらい、そうしていただろうか。

やや落ち着いてきた桜彦の耳に、廊下から軋むような音が聞こえたような気がした。布団から頭を出して耳を澄ませる。……聞き違いではない。足音を忍ばせている誰かがいるのだ。

予定が変更になって、タマさんが帰ってきたのだろうか？

だがタマさんならば、足音を殺す必要はない。泥棒かとも考えたが、この家は厳重なセキュリティシステムに守られているはずだ。

足音は桜彦の部屋の前で止まった。

どうしよう、このまま寝たふりをしていたほうがいいのか――迷っているうちに、意外なことに侵入者が部屋の灯りを点《とも》した。桜彦は驚いて身体を起こす。

「ずいぶん早寝だなァ、桜彦」

にやついて立っていた侵入者は……いや、侵入者というのは正しくない。忍び込んだわけではなく、普通に鍵を開けて入ってきたのだ。鍵を持っているのは当然である。

なにしろ彼――舜也はこの家の息子なのだから。

「舜也さん……？」

「今時、小学生だってもうちょっと起きてるぜ？　どうした、具合でも悪いのか？」

「いえ、ただ少し疲れているだけで……あの？」

勝手に部屋に入った舜也は、無遠慮な視線で桜彦の寝室をぐるりと見回した。そして後ろを振り返り「いいぞ」と手招く。するともうひとり、見知らぬ男が入ってきた。年の頃は舜也と同じくらいで、全身黒ずくめの服装をしていた。桜彦を見るとどこか下卑《げび》た笑いを浮かべて「こんばんは」とだけ言う。

背中がぞわりと粟立つ。

なにか変だ、おかしい――桜彦はベッドから降りようとしたのだが、瞬く間に舜也が近づき、肩を押さえ込まれた。

「そのままそのまま。……ちょっと、急ぎの話があってな」

「僕、起きますから」

「いいんだよ、ここで」

「でも、お客様に失礼ですし……あっ！」

強引に立とうとして、突き飛ばされる。

体勢を立て直す暇もなく、舜也がのしかかってきた。腿の上に膝が置かれ、体重をかけられる。

痛い。

「舜也さん……？」

「悪いな、桜彦」

「な……なに、やめてください！」

動けない桜彦の腕を、もうひとりの男が細めのロープでひとつに括《くく》り、そのまま頭上にあるベッドの支柱に固定してしまう。これではまるで磔《はりつけ》だ。自分に起きていることが信じられなくて、桜彦は闇雲にもがいた。

「おとなしくしろって」

「いやだ！　放せ、これを解けッ！」

両脚を思い切りばたつかせると、腰のあたりで馬乗りになった舜也が「しょうがねえなあ」と零しつつ、右手を上げた。

え、と思った次の瞬間、桜彦の顔が二発連続で叩かれる。

カクン、と頭がシーツに落ちる。目の前に光が散るほどの容赦ない平手打ちだった。

「俺だって可愛い弟に、乱暴な真似はしたくないんだぜ？」

じんじんと痛む頬に、舜也の手が当てられる。それだけで桜彦の身体は、ビクリと竦んでしまう。

浮ついたところのある遊び人だけれど、こんな乱暴を働くとは思っていなかった。

「な……んで……」

「なあ桜彦、九重を継ぐのは諦めろ」

結局は、それか。

なんだかんだ言いながら、舜也もやはり家督の座が欲しいのだ。金と、権力が欲しいのだ。

「……諦めません」

「いや、諦めるよおまえは」

「ぼ……暴力には屈しません」

「暴力？」

舜也がクッと笑い「そんなことはしないさ」と低く言った。そして桜彦の下肢に手をかけ、パジャマと下着を一気に引きずり下ろした。

その意図を察して、桜彦は慄然《りつぜん》とする。言葉も出せないまま、舜也を見た。

「まさか、って顔だな。そのまさかだよ。おまえだって痛いより気持ちいいほうがいいだろ……ま、バージンならちっとは痛いかもな」

「そ……僕たち、兄弟ですよ……？」

「ハッ。血なんか一滴も繋がっちゃいねえだろうが。おい、そっち用意いいか？」

ＯＫ、と連れの男が答える。その手にはハンディカメラがあった。はっきりとした計画性に桜彦の顔は青ざめ、唇は震える。

「や……やめ、やめろっ」

「そんな顔すんなよ。おまえがすんなり家督を辞退すれば、録画をばらまいたりはしないさ」

そうしなければ、ばらまくぞ——舜也のにやついた顔がそう言っていた。

「わかったよ、辞退するっ……辞退すればいいんだろ！」

「そうそう、辞退すればいいんだ。まあ口ではなんとでも言えるからな。どっちにしろ、俺は保険をかけとかなきゃなんねえ。……初めてか？」

「あうっ！」

いきなり局所を握り込まれて、腰が引ける。身体を捩《よじ》って逃げようとするのだが、縛られている上に体格的にも不利だった。痛みと恐怖で、桜彦のものはますます縮こまる。

「おやおや、慣れてるふうには見えねえなあ……。安心しろ、俺は優しい男だからさ、痛がってる奴に突っ込む気はないいんだよ。こっちも盛り上がらないしな。……ほら、脚広げろ」

「やっ……」

「ケツ上げるんだよ。ほら！」

「いッ！」

柔らかな内股を、ピシャリと叩かれた。手の痕がつくほどの熱い痛みに、桜彦は咄嗟に身体を丸めようとしてしまった。おのずと、腰がやや上がってしまう。

「なっ……や、やめっ……」

舜也は桜彦の脚の間に陣取り、片脚の膝裏をすくい上げるようにして持ち上げる。自分でもまともに見たことのない部分が、舜也からは丸見えだろう。カメラを持った男も、回り込んでくる。

絶望的な羞恥が桜彦を襲い、怒りで身体は熱いのに、怖くて冷や汗が出る。

「使うか？」

カメラを持った男が聞く。舜也は返事もせずに、ただ手を差し出した。男が舜也になにか小さなものを渡す。

「うっ」

「じっとしてろ」

後孔《こうこう》に、異物が宛がわれる。そう大きなものではないが、桜彦は首を振ってずり上がろうとした。だが腰をしっかり抱えられていては動きようもない。

「お、願いだから……舜也兄さん……」

「無駄だよ桜彦。ほら、諦めて力を抜きな。よくしてやるから」

「んっ……い、いやだ……ッ」

ぐいっ、と小さな固形物が埋め込まれて、桜彦は小さく呻いた。

「ほら、入った……痛かねえだろ？　安心しな、ちょっとした座薬みたいなもんだよ。五分もすればおまえの中で溶けて……ここん中がすっげえことになる」

桜彦の内股に舌を滑らせながら、舜也は笑った。大きく広げられた脚を閉じることも叶わず、桜彦はただ首を横に振るしかできない。

「熱くなって、痒くなるんだ……ここが痒くなった経験なんかないだろ？　俺もないけどな。すごいらしいぜ？　これ使うと、男も女も、みんなヒイヒイ泣いて縋ってくる。入れて、突っ込んで、掻き混ぜてェ、ってな——」

「い、いやだ、やだ、出して、頼むから……ッ」

「もう遅いって。大丈夫、効いてくるまでも、ちゃんと可愛がってやるよ……おまえの肌、信じられねえな……女よりいいカンジだ。昔から、こんなふうに触ってみたかった……」

悪寒《おかん》に震えている膝頭に口づけられた。

パジャマの上は脱がされないまま、裾から舜也の右手が入り込んでくる。腹から胸を撫で回し、やがて指先が小さな突起に届く。二本の指で摘まれるように刺激されると、快感ではなくともそこは硬くしこっていく。

きゅっと摘み上げられ、桜彦は首を竦ませた。

「いっ……」

「尖ってきたぜ？」

「や、やだ」

「ツンとして、舐めて欲しそうだ——手を縛っちまったから脱げないな。ま、いいか」

舜也は桜彦の身体の上で、パジャマのボタンを外していく。カメラの男も近づいてきて、顔から足先までを舐めるように撮影している。綺麗な子だな、と感心声を出した。

「うちの専属モデルに使いたいくらいだ」

「ハハ、九重財閥の御曹司が専属かよ。えれぇ豪華だな」

自分の服はそのままで、舜也は桜彦を嬲《なぶ》っていく。

首筋に吸いつき、鎖骨を軽く噛み、同時にたっぷりとローションをつけた手で、桜彦の脚の間を探った。そしてまだ柔らかい桜彦のものを、ゆるゆると愛撫する。

「仮性だな。おまえ、こんなとこまで可愛くできてるのか」

耳元で囁かれながら、半分だけ頭を出していた先端部分を弄られる。その直後、くりっと全部の包皮を剝かれた。

「……っ！」

桜彦は唇を噛んで声を堪える。

嫌悪すべきなのに、そこを弄られれば不本意な快感が頭をもたげてしまう。徐々に勃ちあがってきたそれの、括れの部分をくちゅくちゅと揉まれれば、どうしたって脚に力が入ってしまう。

「こっちも、よくしてやんなきゃな」

舜也の顔が降りて、乳首にふっと息を吹きかけられた。

それだけのことに、桜彦の身体はビクンと反応した。なにか入れられた部分は、じわじわと熱くなっていて、その熱は次第に全身に広がっているようだった。

「んっ……」

尖らせた舌が、桜彦の小さな粒をこそげるように刺激する。

そのままぽろりと取れてしまいそうなほど、しつこくしつこくそこを舐められたあと、今度は音を立てて吸いつかれた。

「……っ、……くっ……」

「気持ちいいのか桜彦。上も下も勃起してるぜ？」

「い、やだ……」

「いやな奴がこんなに濡らすか？」

ぷくりと鈴口から湧いた粘液を、舜也の指がすくい取る。

「あっ……」

そんなものはただの生理現象だ……そうわかっていても、顔が燃えるほどに恥ずかしい。相手は男で、しかも書面の上だけとはいえ自分の兄なのだ。心の中は嫌悪感でいっぱいなのに——

もしかしたら自分はひどくいやらしい人間なのだろうか。

だから克郎に温泉であんなことをされた時も——

あの時……克郎の手の中で達してしまった瞬間を思い出した途端、怪しげな薬を入れられた部分が強く疼いた。

「……ふ、あ……！」

ちりちりと、灼《や》ける。

狭い筒の中で、火花が絶え間なく散っているように熱い。その熱は次第に激しい痒みへと変化し、桜彦はたまらず腰を捩った。

「そろそろ、きたか？」

舜也が身体を起こした。桜彦の片足首を摑み、膝を深く曲げさせる。ローションで濡れた指が奥の蕾に軽く触れただけで、そこがギュッと収縮した。

「なんだよ、誘ってるみたいだな」

「ちが……や、あ、あっ……」

「ほら、こうやって少しだけ入れると……吸い込もうとしてるじゃないか。いやらしいヤツ」

「ん、んんっ」

くちゅくちゅと、ごく浅い出し入れが繰り返される。

その程度の刺激では熱と痒みは増すばかりだ。粘膜の上を無数の虫が這いずるような感覚に、桜彦は我知らず舜也の指を追いかけてしまう。

「なんだよ、どうしたいんだ？」

「あ、あ、いやだ……」

「いやなのか？　ここは触られたくない？」

そうだ、触られたくない。おまえなんかに、触れられたいはずがない――

心はそう叫んでいるのに、桜彦の身体は経験したことのない感覚に屈服してしまいそうだった。

脚はますます高く掲げられ、腰が浮きそうになる。ビデオカメラが桜彦の恥ずかしい部分のすぐそこまで寄ってきた。

「すげ、パクパクしてるじゃん」

「しっかり撮れよ？　ほら、このぬるぬるも……」

ふたりの、下卑た笑いが聞こえる。

ちくしょう、ちくしょう――蹴飛ばしてやりたいほどに悔しいのに、脚にはちっとも力が入らない。痒みは一向に鎮《しず》まる気配を見せず、強くなる一方だ。

「あああっ！」

一瞬だけ、深く指が沈んだ。

そしてすぐに、ねじるようにしながら引き抜かれる。頭の中でなにかがはじけ飛ぶ。桜彦は激しく首を振りながら「いや、いやだ！」と叫んだ。

「もっと欲しい？」

聞かれて、ガクガクと頷く。

「じゃ、自分で両脚広げな。膝曲げて……こうだよ、ほらっ」

「う、う……」

M字の形に脚を広げられる。そのまま動くなと命じられて、喘ぎながら桜彦は従った。

「いい子だな。……入れてやるよ」

くぷん、と舜也の指が沈み込んだ。なんでこんなに簡単に入るんだろうというほどスムースに、呑み込んでしまう。拒絶の素振りすら見せないそこは、次の刺激を欲しがって勝手に収縮する。

「あっ……あ、あ、ん……」

舜也はわざと指を動かさない。焦れた桜彦の腰が、もじもじと動きだしてしまう。

「なに尻振ってんだよ」

指摘されても、止められない。顎を上げ、息を乱しながら悶《もだ》える。自己嫌悪と高揚感が同時に桜彦を襲い、わけがわからなくなってくる。

いやだ、いやだ、助けて。

胸の奥で、かろうじて残っている、まともな自分が狼狽《ろうばい》している。こんなのはいやだ、こんなのは僕じゃない――温泉の時も、克郎の勘違いが発端だったけれど、こんなふうに惨めな気分にはならなかった。ものすごく恥ずかしかったけど、こんな絶望感はなかった。

だって、優しかったから。

克郎は、とても優しくて、そこに悪意などかけらも感じなかったから。

ファスナーを下げる音が聞こえてくる。撮影係の男が「もう入れんのかよ？」と呆れ声を出した。

「もっと弄り回してるとこ撮りたいんだけど」

「うっせえよ。とりあえず一回やらせろよ、指に絡みついてきて、すげえよさそうなんだよ……」

桜彦は瞼を閉じた。途端に目尻から涙が溢れる。

悲しくて悔しくて、そして疼くそこを早くなんとかして欲しくて、涙が止まらない。

「泣き顔、いいな。綺麗に撮ってやるよ」

ぐいっと脚を広げられた瞬間、ふいに闇が濃くなる。

舜也の動きが止まった……というよりは、凍りついた。桜彦は目を開ける。

暗い。真っ暗だ。

「な、なんだよおい……ブレーカーでも落ち――」

撮影係の声が途切れ、続いてドサリと人が倒れる音がした。ベッドが揺れたのは、舜也が慌てて動いたからだ。

「がっ……！」

続いた呻き声は、舜也だろうか。

桜彦はなにが起きているのかわからないまま、震える脚を閉じた。次第に目が闇に慣れ、動く人影が見える。

誰かが、舜也を締め上げていた。

背の高い、がっしりとしたシルエット……まさか、と桜彦は目をこらす。

男は舜也を思うさま床に突き飛ばし、脇腹を蹴る。ゴッ、と鈍い音がしたような気がした。肋《あばら》が折れたのかもしれない。

「おい、おまえ」

呼びかけられて、ビクリと竦み上がったのは撮影係だ。床にへたり込んだまま「ひっ」と声を上擦らせた。顔をしきりに擦っているのは、鼻血でも出したのだろうか。

「警察に突き出されたくなかったら、さっさとこいつを引きずって消えろ」

間違いない……克郎の声だ。

「は、はひ」

「ビデオカメラは置いていけ」

「は」

「二分以内に俺の視界から消えないと、もう一本の前歯もなくなるぞ。ついでにそいつの肋骨はあと三本折れる」

「い、行きますっ、すぐ行きますから……！」

舜也は完全に失神しているようだった。

撮影係は中腰になって、伸びた舜也を引きずり、必死に部屋を出ていく。そのふたりをオラオラと克郎が蹴るようにして急《せ》かし、一緒に部屋を出た。

しばらくして、車のエンジン音が聞こえる。

桜彦は身体の震えを抑えられないまま、自分のみっともない格好を隠したくて、必死に身体を丸めた。頭の上で拘束された腕を下ろしたいのだが、誰かが支柱から外してくれないと動きようがない。あまりの惨めさに気が遠くなりそうだ。

灯りが戻り、克郎の足音が近づく。

「いやだ！　来るな……ッ！」

桜彦は叫んだ。

こんな姿を見られることは耐え難い。縛られ、パジャマははだけられ、下半身は丸出し、しかも股間はローションでベタベタなのだ。

「お願いだから……ッ、見な……で……」

ほとんど半べそで懇願する。ちょうど扉のあたりで、足音が止まった。

そして再び灯りが落とされる。だが今度は真っ暗にはならない。廊下からの光が僅かに入り、また桜彦のベッドサイドのフットライトもほんのりと点っている。

闇が、少しだけ桜彦を落ち着かせた。

ゆっくりと、克郎が近づいてくる。

横臥《おうが》して丸まったまま顔を俯け、震えている桜彦の身体にそっと毛布をかけてくれる。それから支柱に括りつけられたロープを外し、桜彦の両腕をゆっくりと下ろす。

「う」

安堵と同時に込み上げてきた嗚咽を、桜彦は必死に堪える。泣くもんか、と思いながら、上半身を起こす。肩関節が固まってしまっていて、うまく動けず、克郎が手を貸してくれた。

なんとか起き上がれた途端、背中から抱きしめられた。

強く。

痛みを感じるほどに強く。

「……っふ……」

桜彦の中で、なにかが崩れる。

一度は止まったはずの涙がどっと溢れ、あっという間に頬を濡らし、ぼたぼたと顎から滴《したた》る。

しゃくり上げていると、なお深く抱き込まれ克郎の頬を耳に感じる。低く「桜彦」と呼ばれ、もう我慢できなかった。堰《せき》を切ったかのように、桜彦は声を上げてわあわあと泣く。

怖かった。すごく怖かった。

なんでもっと早く来てくれなかったの、なんで鈴香と一緒に帰っちゃったの――脈絡もなく克郎を責めながら泣いた。聞き分けのない幼児がオモチャでもねだるように、激しく泣いた。

克郎はずっと桜彦を抱きしめたまま「ごめんな」と繰り返す。

よくよく考えてみれば、克郎が謝る必要などこれっぽっちもないのだと気づいたのは、さんざん泣き尽くして毛布に大きな染みができた頃だった。

「……手首……取って……」

まだ両手首に纏《まつ》わっていたロープを外してもらう。

「痛くないか？」

「す、少しだけ……、克郎さん、どうやって入ってきたの？」

「タマさんに鍵を渡された。なにか胸騒ぎがするからって……勘のいい人だな」

そうだったのか。あとでタマさんにお礼を言わなくては……そう思いながら、桜彦はゆっくりと脚を動かした。姿勢を変えた途端に奥の熱が蘇ってきて、ヒクリと震えてしまう。

「どうした？」

「な、なんでもない」

今まで忘れていられたのが不思議なほどの、熱い疼きが桜彦を襲う。

どうしよう。どうしたらこれが治まるのだろうか。シャワーで洗えば多少はましになるのだろうか。けれどそんな場所、洗ったことなどなくて――

「桜彦？」

「なんでもないったら……ぼ、僕、お風呂に……」

毛布を巻きつけたまま、ベッドを降りようとした。だが膝に力が入らず、ぺたりと座り込んでしまう。

「おい」

「さ、触らないで」

「どこか怪我でもしてるのか？」

克郎の指がうなじに触れる。それだけで声が出てしまいそうだった。大きな手が、桜彦から無理に毛布を引き剝がそうとする。

「や、やだ」

「恥ずかしがらなくていいから、ちゃんと見せてみろ。あとで大変なことに――」

「やめ……あ！」

ろくに力めない桜彦の抵抗など無に等しい。克郎は簡単に毛布を手中に収めてしまった。桜彦は慌てて背を向けて、いまだいきり立ったままの前を克郎の視線から隠す。恥ずかしくて、たまらなかった。

「ああ……気にするな。触られりゃ誰だってそうなる」

「ち、ちが」

「男ってのはそういうもんだ。仕方ない」

そうではない。あいつに触れられた時は、むしろ縮み上がっていたのだ。克郎に触れられた時と、一緒にしないで欲しい——。

「触られた……だけじゃ、なくて……な、なんか、入れられた」

「なんかって、なんだ？」

「わかんないよ……なんか、クスリみたいなのかな……」

「どこに入れられたって？」

聞かれて、首まで火照ってしまう。答えられなくて深く俯く仕草が、そのまま答えになったらしい。克郎は「……あの野郎」とどう猛な声を出して舌打ちする。

「今、どんな感じなんだ」

「あの……す、すごく、痒くて……」

「——立て。風呂に行くぞ」

「ひ、ひとりで」

「いいから……ああ、もう、面倒だな」

「え？　あ……うわっ」

　へたり込んでいる膝の後ろに克郎の腕が差し込まれたなと思ったら、次の瞬間にはもう抱きかかえられていた。

「しっかり摑まってろよ」

　驚きのあまり、桜彦は言葉も出ない。横抱きにされて運ばれる間、必死に克郎の首にしがみついているだけだった。いくら桜彦が瘦身《そうしん》とはいえ、体重は五十キロを超えている。だが克郎は特に苦労している様子もなくずんずん進む。バスルームのドアを脚で開けると「立てるか？」と聞いてからバスタブの中に桜彦をそっと下ろした。

　克郎がシャワーヘッドを取り、レバーを倒してお湯を出す。

「あの……じ、自分でするから」

「無理だろ。おまえの指じゃ奥まで洗えない」

　あまりにあっさり言われて、つかの間なんの話かわからなかった。直後、克郎がどこをどうやって洗うつもりなのか理解して、桜彦の顔は燃えるかというほど熱くなった。

「壁に手ついて。尻こっち向ける」

「……そ」

「ぐずぐずすんな。そこは粘膜だからな、どんどん吸収されちまうぞ。そしたらつらいのはおまえだろうが」

医者が患者を叱りつけるような口調だった。こんなこと、克郎にとっては怪我の手当てみたいなものなのだろう。そう考えると、恥ずかしがっているほうが、恥ずかしく思えてくる。

おずおずと背中を向けて、冷たいタイルに手のひらをつけた。

最初に背中を流される。肌の上を流れる湯にすら、ぞくぞくと感じてしまい、桜彦は小さく息をついて肩を竦めた。

「脚、開いて」

「……っ」

言われるままに従うと、狭間に克郎の指先が潜り込んでくる。奥にはシャワーの湯が届いておらず、くちゃりとローションの粘った音が聞こえ、桜彦は耳を塞ぎたくなる。

「……っく……う……」

「息止めんな」

克郎がバスタブに入ってきた。すぐ後ろ、身体が密着しそうな位置に立っている。服が濡れちゃうよ、と言おうとした時、なんの前触れもなく指が一本ぬくっと侵入し、桜彦は思わず頭を仰け反らせた。

「あっ……あぁ……あ……」

「痛くないだろ？」

続けてもう一本。

痛みはないのだが——熱さと痒みがピークに達している。そのまま指を抜き差しして欲しくて、桜彦は腰を揺すった。自分がひどくいやらしく身体をうねらせている事実など、もう考えている余裕はない。

だが克郎の指が桜彦の期待の通りに動くはずはなく、そのまま二本の指がVサインのように開く。

パクリと口を開けた奥に、シャワーのぬるま湯が入り込んでくる。

ぞわっと襲いくる違和感に、桜彦は喘ぎ、タイルに爪を立てた。

「う、うぅ……あ、あっ……や、だ……」

「少し我慢しろ」

身体の内側をお湯で洗浄される感覚に、桜彦はぶるぶると震えた。お湯を入れては、長い指が掻き出す。何度かそれを繰り返されるうちに、桜彦の腰は砕け気味になり、上半身はずるずると落ちて尻を突き出すような格好になってしまう。

くそ、と小さく呟く声が聞こえた。

気のせいだろうか。桜彦ははぁはぁと息を荒らげながら、肩越しに振り返る。克郎はひどく怖い顔をして、桜彦の背中を見つめていた。

目が合う。

怖い顔のまま「痒みは治まったか」と聞かれた。さっきよりはだいぶましになったので、桜彦は素直に頷く。だが今はまた、別の問題が生じていた。克郎の指が行き来する時、ある一点を通過すると、ものすごく……。

「ああっ！　や、そこ……ッ」

ものすごく——いいのだ。

一向に萎える気配のない桜彦のそれが、そのたびにヒクンと震え、先走りの涙を零す。いっそ自分で握り込んで擦りたかったが、さすがにそれはためらわれた。

シャワーヘッドが壁に戻される。

桜彦は崩れかけていた身体を引き上げられ、背中から深く抱かれた。克郎の右手が前方に回り、はしたない姿となっているそれをそっと握る。

「んうっ」

たまらず、背を反らせた。

左手の指は、後ろに埋まったままなので、動くことすらできない。

「か……克郎、さ……」

「このままってわけにも、いかないだろ？」

「あ、あ……や、動かさな……」

「いいから——楽にしてろ」

克郎の手が動く。前と、後ろで——絶妙なリズムが桜彦を追い上げていく。なんでこんなに、と思うほどに濡れてしまった桜彦の屹立が、大きな手の中でぬちゃぬちゃと音を立てていた。

あまりに強い快感に、思考など吹き飛んでしまう。

酸素を求める魚のように口を開けたまま、桜彦は仰け反って、後頭部を克郎の肩にすりつけた。

耳たぶをそっと噛まれると、頭頂からつま先まで、全身に甘い痺れが駆け抜ける。

後ろに潜り込んでいる指は、桜彦をたまらなくさせる箇所をちゃんと心得ていて、やわやわとそこを押し上げるように刺激する。

「う、ああ、あああっ……」

「桜彦……」

囁かれると、身体が溶けてしまいそうだった。

「だ……め、僕、も……あ、ああ、んっ……」

「いきそうか？」

必死に頷いた。

「我慢しないで、いっていいから」

ビリビリッと、電流のような快感が走る。

そして最後の波が眼前に迫ってきた。ああ、きっとあの波に攫《さら》われるのだ。呑み込まれ、翻弄され、身体がバラバラになるほど揉みくちゃにされて——

「だ、だめ……僕、も——あっ、ああ……あああぁ！」

噴き出る白濁がタイルを汚す。

克郎の手が最後の一滴まで搾り出すように動く。桜彦の後孔は、克郎の指をちぎらんばかりに食い締めていた。

「……ん……」

初めて経験した深すぎる快感は、桜彦の身体をいつまでもヒクヒクと痙攣させた。

6

大きなもみの木が、パーティー会場の真ん中に堂々と据えられている。飾られているのは大きなリンゴほどのガラス玉だ。透明なそれらには、ひとつひとつ違う絵が描かれている。お馴染みのサンタクロースやトナカイ、飼い葉桶の中のキリストや、受胎告知をしている天使――。

雪の中で遊ぶ子供を描いたものもあった。

膝まで積もった銀世界で、雪投げをしている光景だ。子供の赤いマフラーが可愛らしい。

比較的低い位置にあったそれを手に取り、桜彦はじっと見つめる。克郎と出会ったあの山を思い出していた。つい数週間前のことが、ずいぶん昔に感じられる。

白ばかりの世界の中、灼熱に輝く炭に心を奪われた。

その炭で焼いた鶏肉の美味しさにも感動した。

今夜のパーティーでは、七面鳥が美しく飾られて大皿に鎮座している。さっき一切れ食べてみた。美味しかったけれど、心は揺さぶられなかった。ああ、七面鳥だなと思っただけだ。

鈴香主催のクリスマスパーティーは盛況だった。

色とりどりのドレスを纏った淑女と、エスコートするブラックタイの紳士たち。

モデルや芸能人、そして財界の次世代を担う二世、三世も多い。性格に難ありの鈴香だが、人脈を広げる手管《てくだ》には長けている。それは桜彦にもよくわかっていた。

「あまり楽しまれてないご様子ですね」

かけられた声にはっとして振り返ると、百井が立っていた。男性のほとんどが盛装に身を包む中、父の秘書はいつも通りの地味なダークスーツだ。

「そんなことないですよ。ちょっと疲れただけで……。珍しいですね、百井さんがこんなところにいらっしゃるなんて」

「鈴香さんから招待状をいただいてましたので。ご挨拶だけで失礼するつもりです」

「そうなんだ……父さんの具合、どう？」

「ご心配なく。安定していますよ。……さて、今夜の主役はどちらにいらっしゃるんでしょう？」

尋ねられて、桜彦はあたりを見回す。さっきまで、大勢に取り囲まれて談笑していたはずだが。

今は――

「ああ……あそこですね」

電飾で飾られた庭が見下ろせる窓辺に、深紅のドレスを着た鈴香が立っていた。いつも楚々とした雰囲気を演出している鈴香だが、今夜ばかりは艶めいた大人の女になっている。タイトなラインのドレスに、アップした髪。大きなイヤリングが揺れて、きらきら光っていた。

そしてその隣に立っている、背の高い男……。

「おや……彼は？」

「鈴香姉さんの、最近のお気に入りです」

「これはまた……」

どんなときも冷静な百井が、珍しく驚いた顔を見せている。

「いつもとタイプが違うでしょう？　今までずっと、年下の可愛い系ばっかり侍《はべ》らせてたもんね」

「ええ、そうですね。今回はまたずいぶん、男性的だ。どなたです？」

炭焼き職人だよ――そう答えたいのを、桜彦はぐっと堪える。

「山田克郎さん。東北で、リゾート会社経営してるって」

「山田……？　リゾート会社、ですか」

誂《あつら》えのタキシードは、克郎の男らしい美貌をいっそう引き立てていた。ポケットチーフの横には、赤い実をつけた柊《ひいらぎ》が挿してある。少し曲がっていたそれを、鈴香が指先でそっと直す。すると克郎が、自分の胸元にあったその手を取った。

そして唇に引き寄せて――口づける。

桜彦は奥歯を嚙みしめながら、俯いた。これ以上、見ていられない。

「おやおや。ずいぶんと気障な紳士ですね」

「そ…そうだね」

あの夜――桜彦が襲われかけた夜。

バスルームでの行為にすっかりのぼせて、またしても克郎に抱かれたままベッドに戻ることになってしまった。

自分もびしょ濡れになった克郎は、着替えたあと桜彦の枕元に座って言った。

――おまえの母親のことを聞いたよ。

驚きはしなかった。鈴香が言うんじゃないかなと思っていたからだ。

あの子はね、本当は愛人の子なのよ。可哀想な立場なのよ……。優しげな素振りで、さりげなく告げ口をする。これも鈴香の常套《じょうとう》手段だ。

――おまえが九重を継ぐことに拘るのは、もしかして母親のことがあるからか？

うん、と答えた。いまさらなにを取り繕っても始まらないし、心身共にくたくただった桜彦は、適当な言い訳を考えられる状況でもなかった。

自分が家長になれば、堂々と母親を迎え入れることができる――。

本妻の百合子はすでにこの家を離れた。誰にも文句は言わせない。父の愛人としてではなく、家長たる桜彦の生みの親として、迎え入れてあげられるのだ。……病院以外に、母の帰る場所を作ってあげられるのだ。

十年もの間、桜彦は知らなかった。

自分が愛人の子供なのだと知らなかった。母親だと思っていた百合子から、どこか疎《うと》ましげに扱われているのは感じていたが、それでも百合子が母親なのだと信じていた。

桜彦に現実を教えたのは舜也だ。

舜也も傷ついていたのだろう。九重家の妻が、他の男との間に作った子供として、口さがない連中からあれこれ言われていたに違いない。だから桜彦に「おまえだって、俺と同じじゃねえか。愛人の子じゃねえか」と憤りをぶつけてきたのだ。

最初に母に会った日のことは忘れない。

病院の個室で、母は音楽をかけていた。低く流れるジョン・レノン。

桜彦を見て、微笑んだ。

涙を浮かべながら、優しく笑い、腕を差し伸べた。

けれど桜彦は、なかなか母に近づけなかった。どうして、どうして今まで僕を放っておいたの。なんで会いに来てくれなかったの。……まだ子供だった桜彦には、母がどんな気持ちで息子を手放したのか、理解できなかったのだ。

点滴に繋がれているにもかかわらず、母は自分から桜彦に近づこうとベッドを降りた。具合の悪い日だったのだろう、すぐによろけて、膝をついてしまう。びっくりした桜彦が駆け寄ると、もう笑ってはいない顔で縋るように抱きついてきた。頬が涙で濡れていた。

――想像していたの……

母は言った。

――ずっと想像していたの、あなたをこんなふうに抱きしめられる日のことを……

「鈴香さんは、あの方と交際を？」

百井の声に、桜彦は現実に引き戻される。

「さあ、どうなんでしょうね。……今夜パーティーが終わったら、部屋に招くようなことを言ってたけど」

鈴香はこのホテルのスイートを取っているのだ。そしてその誘いに克郎は応ずるだろう。

そして鈴香をその腕に抱く……桜彦のために。

——悪かったな。

以前「そんなに金が欲しいのか」と桜彦をなじったことを、克郎は謝った。そして俺にできることはするから、と約束してくれたのだ。

わかってもらえて、嬉しかった。

嬉しくて、でもとても悲しかった。

どうして克郎に頼んでしまったのだろう。別の人にすればよかった。克郎と鈴香が愛の言葉を交わし、寄り添い合う——考えただけで、息が詰まりそうになる。

「桜彦さん？　顔色が悪いですよ」

「ちょっと……人込みに酔ったのかな」

なにか飲みますか、と聞かれていらないと答える。

「フルーツは？　苺がありますよ」

一番手近なテーブルにフルーツの盛り合わせがあった。百井はそこから苺を二粒摘み上げると、はい、と桜彦に渡してくれる。

見事な赤を見ながら、桜彦は母が言っていたことを思い出す。

「……幸せって、小さいんだって」

「は？」

「この間、母さんが言ってたんだ。幸せって、この苺くらいの大きさで、そんなに大きいものじゃないって。……百井さんも、そう思う？」

百井は桜彦の持つ苺をじっと見つめ「そうかもしれませんね」と答えた。

「……父さんは、幸せなのかなあ」

「会長ですか？」

「うん……仕事ばっかりして、女の人取っ換え引っ換えして、妻には堂々と浮気されて、子供たちは病状より後継者問題ばっか気にして……そりゃ、お金と権力はやたら持ってるだろうけど、そういうのって、幸せとはちょっと違うような気もするんだよね……なにがどう違うのか、うまく説明できないけど」

「会長は、よく言っておいでです」

「なんて？」

「従業員の幸せこそが、自分の幸せだと」

甘酸っぱい苺を頬張ったまま、桜彦はいささか驚いた。手に負えないワンマンだと評されている父が、そんなことを口にしているとは、考えたこともなかったのだ。

「意外でしたか？」

「……うん」

「私が思うに、会長はもう少し、自分のお子様たちと会話をすべきですね」

「でも今までは、そんな時間なかったじゃない」

軽く頷きながら、百井がかすかに笑った。そして「これから、そうすればよいのでは？」と言う。この男が笑うところを、桜彦は初めて見たかもしれない。

華やかな音楽が始まり、人々が沸く。

ああ——最後のワルツだ。

ホールの真ん中に、鈴香がにこやかに歩み出る。その手を取ってエスコートしているのは、もちろん克郎である。

「踊らないのですか？」

「僕はいつも壁の花だよ」

平気な素振りで答えたが、踊り始めたふたりを見ているのは切なかった。

胸に鋭い棘が刺さる。何本も、何本も……ふたりが回転するたび、克郎の顔が見えるたび。

揺れる赤いドレスは、まるでポインセチアのようだ。

克郎は上手にリードしている。ときどき顔を近づけてなにかを囁いては、鈴香を笑わせる。お似合いのふたりね、と誰かが噂しているのが聞こえてきた。また一本、桜彦の胸に棘が増える。手の中にひとつ残っている苺を握り潰さないように気をつけながら、桜彦は唇を噛んだ。

「桜彦さん？」

「……なんだか、ちょっと風邪気味みたい。もうすぐお開きだから、僕行くね」

ワルツが終わるまで持ち堪えられない。

逃げる自分を情けなく思ったが、このままでは心臓が破れてしまいそうだったのだ。

＊＊＊

クリスマスイヴの街を歩く。

きらきらしている……街全体が、イルミネーションを纏っているかのように、きらきらしている。大通りを歩く人たちの表情は、みな楽しげに見える。気のせいかもしれないけれど、そう見える。

桜彦は銀座の街中に佇んでいた。

ホテルからタクシーで自宅に戻るつもりでいたが、まっすぐ帰る気が失せたのだ。冷たい風に当たりながら歩きたくなり、気がついたらここにいた。

今夜はずいぶん冷える。

それでも所詮東京の冬だ。雪山で迷った時を思えば、たいしたことはない。

オフホワイトのタキシードの上に、ファーつきの白いコート。いつもなら街中ではやや浮いてしまう格好も、今夜はなんとなく馴染んでいる。コートは遭難しかけた時も着ていたお気に入りの一着だ。タマさんの話によると、ご用聞きに来たクリーニング業者は「こんなすばらしいコートを雪まみれにしたんですか！」と嘆いていたらしい。

すれ違う人々は、ときどき桜彦を振り返る。

可愛い王子様ね、と微笑む老婦人もいた。王子様か、と桜彦は苦笑する。お姫様のいない王子様は孤独だ。恋人や家族、あるいは親しい友人たちと過ごすために、道を急ぐ人々の流れの中で、ひとりぼんやり立ち尽くす。

「あっ」

「おっと、失礼！」

大きな紙袋を抱えた男と軽くぶつかってしまう。桜彦はよろけたが、転びはしなかった。男の荷物はクリスマスプレゼントなのだろうか、赤い包み紙に金色のリボンが見え隠れしていた。

「ごめんね、大丈夫？」

「はい、平気です」

「きみ、手からなにか落としたみたいだったけど……」

え、と思って手のひらを見る。

赤い。

そして甘酢っぱい匂い——ああ、さっきまで苺を持っていたのかと今頃気がついた。

百井が渡してくれた二粒のうちのひとつだ。食べるなり捨てるなりすればよかったのに、なんとなく手の中に収めたまま歩いていたのだ。

「あの？」

無言で手のひらを見つめている桜彦を、男が心配げな顔で見る。

桜彦は顔を上げ、少し笑って「なんでもありません」と言った。男はやっと安心して、再び急ぎ足で歩き始める。

桜彦も男と反対方向に歩きだす。

どこに行く当てもない。ただ、この賑やかな街で自分だけがぼんやり立っていることが耐え難かったのだ。

歩く。

たくさんの人と、すれ違う。

ざわめきと、笑い声。クリスマスソングが流れている。都会の喧騒には慣れているはずなのに、頭が痛くなってくる。若い女性がクリスマスプレゼントの話をしている。隣を歩いているのは恋人だろう。これが欲しかったの、とても欲しかったの、嬉しいわ、ありがとう……。

息が切れてきた。いつの間にか、ずいぶんと速歩きになっていたのだ。

桜彦は立ち止まる。自分の息が、白い。

そして悟る。

物と人で溢れたこの場所に、桜彦の欲しいものなどなにひとつない。

――おうちゃん。

母の声が聞こえる。

――幸せって、わりと小さいものなのよ。うっかりしてると、手のひらから落ちてしまうくらい。

優しい、歌うような声が胸の中で聞こえる。

もう一度、桜彦は自分の手を見つめた。薄赤い苺の色は、すでに乾きかけている。苺はどこに行ってしまったのか。桜彦の苺は、本当はなんなのだろうか。

九重の長になれたとして、母を家に呼べたとして、それで母は幸福なのだろうか。そうして欲しいなどと、一度でも母が言っただろうか。九重の邸宅が、本当に母にとって居心地のいい場所なのだろうか。母を九重に呼ぶことは、単に桜彦の自己満足なのではないだろうか。そんな目的でもなければ、あの家にいることがあまりにもつらくて――勝手に自分の希望を、母の希望だとすり替えてはいなかっただろうか。

わからない。

わからなくなってしまった。

難しすぎる、幸福なんて。ただ桜彦は母親と暮らしたかったのだ。

さみしかったからだ。ずっとずっと、さみしかったからだ。あの大きな家で、桜彦はいつもひとりきりだった。姉も兄も敵だったし、親戚たちは「愛人の子だしね」と囁いた。タマさんだけが桜彦の味方でいてくれたが、それでも本当の母親にはなり得ない。

今も、さみしい。

さみしくて悲しくて、つらい。

けれどこの張り裂けそうな心の痛みの原因が母ではないことくらい、桜彦も理解している。

桜彦は今、大切な人を失おうとしているのだ。

生まれて初めて、好きになった人を……しかも自分の策略で。

「バカ……みたいだ」

涙が溢れそうになって、慌てて空を仰いだ。

星も見えない東京の夜だ。ビルの照明が邪魔をして闇になりきれない濃紺の空間。視界の端ではネオンがきらめいている。

ぽつりと……白い点が見える。

なんだろう。桜彦は顔を上げたまま、空に目をこらす。小さな白いものは、ふらふらと不安定に揺れながら、ゆっくりと降りてくる。

やがて桜彦の頬に落ちた。

冷たい。

すぐに溶けて、まるで涙の代わりのように、流れていく。

「あれ、降ってきたよ。ホワイトクリスマスだね」

誰かの声が聞こえた。

雪だ。

白い雪が、あとからあとから降ってくる。

――早く、早く行きなさい。

それは桜彦に語りかけるように、天から降りてくる……白い天使だ。

――まだ間に合うよ。悔やみたくないなら、行きなさい。

振り返る。

桜彦は走りだした。コートの裾が翻《ひるがえ》る。

大通りの車道は渋滞だ。タクシーを摑まえる暇などない。

夢中で走った。すみません、すみませんと、繰り返し、たくさんの人とぶつかりながら走った。

イルミネーションが流れていく。看板持ちのサンタがびっくりしたような顔で桜彦を見る。

雪は降り続いている。飛ぶように走りなさいと、桜彦を急かす。

気がつかないうちに、ずいぶんホテルから離れていたようだ。いくら走っても、なかなかたどり着かない。信号待ちで腕時計を見ると、すでにパーティーの終了時間から小一時間が過ぎようとしていた。

肺が爆発しそうになった頃、やっとホテルが見えてきた。

顔馴染みのドアマンが、転がるように入ってきた桜彦に少し驚いていた。賑わうロビーを突っ切り、エレベーターホールに向かう。このホテルを使うとき、鈴香が泊まる部屋はいつも決まっている。角部屋のスイート、しかもバスルームから夜景の見える部屋はひとつしかない。

目的のフロアに着いてようやく、桜彦はいくらか落ち着きを取り戻した。

鈴香にどう言えばいいのだろうか。

克郎にはなんと説明を？

だめだ、そんなことを考えていてはなにもできなくなってしまう。とにかく今は、鈴香の部屋から克郎を連れ出すのだ。話はあとからでもいい。鈴香に土下座したっていい。なんなら殴られたっていい。

息を切らせたままで、呼び鈴のボタンを押す。

どなた？　と鈴香の声が聞こえた。桜彦です、と答えると「まあ」とやや驚くような声が聞こえ、あっさりと扉が開く。

「あらあら、マラソンでもしてきたの？」

雪に降られ、濡れた髪も乱れている桜彦を見て、鈴香は笑った。その笑顔にどこか違和感を覚えながらも、導かれるままに、桜彦は中へと進んだ。

「コートを脱げば？　ああ、外は雪なのね……。パーティーは楽しんだ？」

はい、と答えながら周囲を窺う。

克郎はいない。

少なくとも、リビングにはいなかった。では寝室なのだろうか？　そちらに続くドアをちらちらと気にしていると、鈴香がクスリと笑った。

「あの人ならいないわよ」

「え……」

「パーティーが終わって、すぐに消えたわ。私がなにもかも知ってることを察知したんでしょうね。なかなか勘のいい人だわ」

「なにもかも、って……？」

「あなたは鈍いわねえ、桜彦さん」

鈴香がロングサイズの煙草を抜き、赤い唇に咥えた。そして「ショウ」と一言呼ぶ。

寝室の扉が開き、ディレクターズスーツを纏った面立ちのよい青年が現れる。脇目も振らず鈴香の元に近づくと、傅《かしず》かんばかりの勢いでその煙草に火をつけた。どこかで見たことがある顔だ——しばらく考えて、桜彦は気がつく。

舜也が持っていた写真の青年——鈴香を騙すために用意された、あの美青年だ。

「なんて顔してるの？　いやだ、私が舜也にはめられたなんて思わないでね？　あんな頭の悪い男が、私を騙せるわけないじゃないの」

鈴香がショウと呼んだ青年の頬を撫でる。ショウはうっとりと笑い、撫でやすいように身をやや屈める。

「舜也がこの子を利用するように、仕組んでおいたの」

仕組んでおいた――？

それでは、はめられていたのは舜也のほうだったということか？

「この子は、最初から私の手駒よ。舜也は桜彦さんと違って、乱暴な手段に訴えかねないところがあるから……自衛も兼ねて、しばらく騙されているふりをしていたわけ。ショウを舜也に近づけて、なにか金になるいい仕事はないものかと相談させる……まんまと引っかかったわ、あの子。そういえば今夜のパーティーにはいなかったようだけど」

来られるはずがない。

桜彦と顔を合わせられないのもあるだろうが、それ以前に肋骨が痛むのだろう。たぶん折れている、と蹴った本人である克郎も言っていた。

鈴香がゆったりとひとりがけのソファに腰掛け、オットマンに脚を乗せた。ショウはそのすぐ横に膝をついて、犬のように肘掛けに頭を乗せる。

「それにしても、なんでみんなこう簡単に騙されてくれるのかしら？　桜彦さん、あなたにしてもそう。もう少し人を疑うということを覚えたほうがいいわよ？」

鈴香は優雅な手つきで、バカラのクリスタルに灰を落とす。

「まあ、あなたの場合、まだ独創性はあったわね。私の好みとは正反対の男をけしかけてくるあたり……悪くなかったわ。最初の出会いもインパクトがあったしね。仕事のパートナーにするなら、あんな人材がいいわ。無骨だけど、芯が強い人。――でもね桜彦さん、人の好みってわりと根深いのよ。確かにあの人は色男だったけど、私のタイプではないの。可愛げがないもの」

　ねえ？　とショウの喉を指先で擽るようにしながら鈴香が言う。ショウはとろけそうな顔で、柔和な顔ときつい性格を持つ女を見上げていた。

　桜彦は、文字通りぐうの音も出ない。

　まいった――完敗である。

　どの時点でなのかは知らないが、鈴香は桜彦の作戦などお見通しだったのだ。

「最後に既成事実だけ作って、逆に利用してやろうと思っていたのに……逃げられちゃったわ」

「利用……？」

「強姦されたとでも騒いで、あなたに揺さぶりをかけようと思ってたのよ。それっぽい写真を隠し撮りしておいて」

「ごっ……強姦って……！」

「ね？　克郎さんが強姦魔だなんて話になったら、あなた困るでしょ？　本当はなにをしている人なのかは知らないけど、あの人にも生活というものがあるでしょうし」

　コートを持って突っ立ったまま、桜彦はなんの言葉も返せない。

「桜彦さん、あなた、あの人のこと好きなんでしょう？」

「な……」

「悪いけど、顔に書いてあるのよね。そういう素直なところ、可愛いけど、九重の跡取りとしてはいささか心許《こころもと》ないわ――さて、本題に入りましょうか。ショウ」

青年がスイと立ち、キャビネットから書類鞄を取り出した。

更にその中から薄いクリアファイルを出して、紙片を一枚ビジネスデスクの上に置く。その前にある椅子を引き、視線を桜彦に寄越した。

「座りなさい」

命じたのは鈴香だ。自ら立ちあがり、桜彦の背中をそっと押す。ハイヒールのせいで、鈴香と桜彦の身長はほとんど変わりがない。

逆らう気力もなく、桜彦は腰掛けた。

克郎はここにはいない。

そして鈴香はまるで、桜彦が訪れるのを待っていたかのようだ。

「サインして、拇印《ぼいん》を捺《お》すのよ」

「これは……なんですか」

目の前の書類を見つめ、桜彦は聞いた。

「相続放棄申述書。あなたが、九重の相続権を放棄するための書類よ。ああ、日付は入れないで」

「僕に……家督だけではなく、すべての権利を放棄しろと？」

「心配しなくても、無一文で放り出したりしないわ。ちゃんとあなたにできる仕事を与えて、あくせく働く必要のないサラリーは支払います。ただし、九重の経営陣に入れるとは思わないで」

「……断ったら？」

「そうね。克郎さんの身元を調べ上げて、身に覚えのない借金でもしてもらおうかしら？　なにか商売をなさっているなら、そちらの邪魔をしてもいいわ。非合法を専門にしているお友達も何人かいるの。喜んで協力してくれると思うわ」

桜彦は身体を捩って、背後に立つ鈴香を睨み上げた。

「卑怯、ですね」

「ええ、そうよ」

鈴香の目が、スッと細められる。

あくまで表面上とはいえ、いつもの穏和な顔はそこにはもうなかった。

「九重を継ぐのは私よ。そのためなら、なんだってするわ。……私の気持ちなど、あなたにはわからないでしょうね。私は九重当主と、その本妻の間に生まれた唯一の子供よ？　どうして私が九重の当主になれないの？　女だからというだけで、相応しくないと言われなきゃならないの？　冗談じゃないわ――」

唇が震えていた。

ここまで怒りを露わにした鈴香を、桜彦は初めて見る。

「お父さまは仕事に夢中で、私なんか眼中になかった。女の子だから跡継ぎにはならないだろうって、好きなことをさせればいいって……娘に興味なんか、なかったのよ。お母さまも同じだわ。外に男を作って遊び歩いた。私はなんとかしてあの人たちの気を引こうとしたわ。勉強していい成績を取ったり、ピアノのコンクールで入賞したり……。でもどれも無駄になった。あたりまえよね、あの人たちは、私を見てもいなかったんだもの……！」

鈴香と桜彦は八つ歳が離れている。

だから鈴香の幼い頃を、桜彦はほとんど知らない。ときどき、タマさんが「鈴香様も、お可哀想ではあるんですが」と零していたのは覚えている。

「桜彦さんがうちに来た時……弟だと言われた時、赤ん坊だったあなたを踏んづけてやりたいと思ったわ。私が女だから、あなたが九重に引き取られたんだと思った。お父さまには、私はいらないんだって、はっきりわかった」

「それは……違う」

「なにがどう違うっていうのよ」

「母さんが……病気で、僕を育てられないから、だから僕は九重に引き取られたんです。べつに僕を跡取りにしたかったわけじゃない。僕だって、父さんにはほとんど相手にしてもらえない子供だった……それは姉さんだって、わかってるはずでしょう？」

鈴香はなにか言いかけて、だが口を噤《つぐ》む。

桜彦の言い分は間違っていない。父の七曜は、三人の子供の誰にもさして興味を示さなかったのだ。父の興味は、すべて仕事に向けられていた。

「お父さまなんて……もうどうでもいいのよ」

デスクに置いてあった万年筆を取り、桜彦に突きつける。

「私は九重グループが欲しいだけ。だからこそハーバードでＭＢＡまで取得したのよ。九重の跡取りに相応しいのは間違いなく私よ。あなたも舜也も、戸籍上はともかく、実際は愛人の子供じゃないの。さあ、サインして」

燃えるような目が、桜彦を睨みつけている。

「いやです」

桜彦はきっぱりと否定した。自分の権利を捨てることは、母の権利を捨てることに繋がる。そう簡単にはできなかった。

「あの男がどうなってもいいの？」

「克郎さんは、姉さんの策略にはまるような人じゃない」

「あらそう？　それならあなたのお母さんにしましょうか？　主治医でも看護師でも丸め込んで、病気が悪くなるような薬を点滴に――」

「やめろよ！　いいかげんにしろっ！」

ガタンと椅子から立ち、桜彦は鈴香に摑みかかる。

絹の繊細なドレスが破ける音がして、姉が「なにするのよっ」と桜彦の髪を引っ張った。痛かったが、放さなかった。すぐ近くで、般若《はんにゃ》のような顔をした姉が頰を痙攣させている。

「放しなさいよッ！」

バシンッと顔を叩かれ、桜彦は思わず手を離した。力はさほどではないが、長い爪が頰を掠めて、目の下が少し切れる。痛い。

血が滲む桜彦の顔を見て、鈴香は一瞬ハッとためらう顔を見せたが、すぐにフンと鼻で笑った。綺麗にセットされていた髪は乱れ、破れた胸元を手で覆っている。

「ドレスが台なしだわ」

頰が紅潮している。桜彦の反撃は予想外だったのか、悔しそうだった。

「……あんたなんか、雪山で凍死しちゃえばよかったのに」

「あいにく、そう簡単には死にません」

「あんたの母親は簡単に死にそうじゃない？」

「母さんに手を出してみろ……ぶっ殺してやる」

次第に、ふたりの声が大きくなり、距離も縮まっていく。子供の頃は、意地悪をされても黙って耐えるか、あとでタマさんに縋りついて泣くだけの桜彦だったが、今は違う。こんな女の思うようにしてやるもんか——桜彦にも意地はあるのだ。

「まあ可愛い顔して怖いことを言うのね？　私だってそんなことしたくないわよ。あんたがサインすればいいだけのことじゃない」

「強突張《ごうつくば》りの言うことなんか、聞きたくない」

「ふふん、自分が無欲だとでも？」

「姉さんほど強欲じゃないね」

対峙するふたりの横で、ショウがおろおろしている。見た目通り非力なのか、喧嘩仲裁は苦手なようだ。

「いくら強欲だろうと、マザコンでホモよかマシだわ」

「勝手に人をホモにすんなよっ！」

「あの無礼で無骨な男が好きなくせに！」

「ふんっ、そこにいるヘナヘナしたのよりよっぽどマシだねっ！　イソギンチャクだってもうちっとシャンとしてるぜ！」

「なんですってえ！」

「……そのへんにしておいたらいかがです」

突然割り込んできた声はあまりにも冷静で、場の雰囲気をがらりと変えてしまう。

桜彦と鈴香は、部屋の入り口に佇む人物を見つけてぎょっとした。静かな視線を向けているのは――父の秘書だった。

「な……百井、どうやって入ってきたのよ」

「私が支配人に言って、鍵を開けさせたんだよ」

スイと百井の後ろからもうひとりが歩み出る。その姿を見て、今度こそ鈴香は絶句する。もちろん桜彦も目を疑うほどに驚いた。

なんで、こんなところに……？

「やれやれ、父親としては、情けないばかりだ」

九重家当主、九重七曜、五十七歳。

この二か月、病に伏してずっと病院暮らしだったその人が、さっぱりと髪も整え、三つ揃いのスーツを纏い、背筋も正しく立っている。

「ふたりともいい歳をして、まるで子供の喧嘩ではないか」

「お、お父さま――？　なんで、こんなところに……」

「自分の経営するホテルにいてはいけないか？」

「いえ、そんなことは……」

さすがに鈴香も慌てている。ショウに至っては、なにが起きているのかさっぱりわからない顔だ。

百井に「席を外してもらえますか」と言われて、おとなしく部屋をでて行く。

七曜は、窓からの夜景を一瞥し、そのあとソファセットの上座に悠々と腰掛けた。父の後ろには百井が立ち、

「鈴香さん、桜彦さん、おかけください」

と命ずるように言う。百井の言葉は、父の言葉も同然だ。桜彦たちは従うしかなかった。

「あの。お身体は……大丈夫なのですか」

桜彦の質問に、七曜は「もう万全だ」と答えた。

「万全って……お父さん、無理をしてはだめです。そもそも先生に外出の許可はいただいたんですか。百井さんも、ちゃんと止めてくれないと……」

「心配性だな、桜彦は。百井、最初から説明してやれ」

はい、と百井が返事をする。そして桜彦と鈴香を、静謐な威圧感を持つ目で見据えた。

「事の発端は、半年ほど前に浮上した九重グループ内の贈収賄《ぞうしゅうわい》事件でした」

贈収賄……？

話についていけず、桜彦は思わず鈴香を見た。鈴香も不安げに視線を揺らす。

「グループ内に官僚と癒着している者がいるという情報が、リークされたのです。上がった官僚が大物だっただけに、調査は秘密裏《ひみつり》に進められました。会長と一部の信頼置ける役員たちで話し合った結果、犯人が尻尾を出しやすいように、会長に大病をしていただくことになったのです」

「——ちょっと待ってよ。それじゃ、仮病だったってこと？」

「簡単に言えば、そうなります」

鈴香の問いに、百井は淡々と答える。

「おかげさまで先々週、会長の不在をいいことに詰めが甘くなった首謀者が発覚しました。事後処理も順調に進んでいます。……が、会長が大病だという噂は、思いがけないところにも波紋を呼んでしまいました。……つまりあなたがた、九重家の子供たちに、です。落ち着きをなくしたあなたがたを見て、会長は仰いました——ちょうどいい機会だ。彼らの度量を試して、九重グループの跡継ぎ候補に相応しいのは誰なのか、見極めようと」

「え？　跡継ぎ候補？　跡継ぎではなく？」

桜彦の質問に、七曜が「馬鹿を言うな」と眉をしかめた。精悍な顔つきは、どう見ても健康そのものである。病院では伸びたままの髭が、七曜をやつれて見せていただけらしい。

「一番上の鈴香ですら二十五だ。まだまだ尻の青いおまえたちに私の代わりが務まると思っているのか、図々しい」

煙草を咥え、自分で火をつける。百井がすかさず、灰皿を七曜の近くに移動させた。そして姿勢を直し、説明を続ける。

「会長の仰るように、あくまで跡取り候補です。鈴香さん、桜彦さん、舜也さんの中から、会長の近くで修業をしていただく人をひとり選ぶ——それが目的でした。そして残念ながら、どなたも合格レベルに達した方はいらっしゃいませんでした」

「呆れたもんだよ、まったく」

七曜が吐き捨てる。

「互いに足の引っ張り合いをするのに夢中で、誰ひとりグループの今後を真剣に考える者などいない。ここまで自分の子供のレベルが低いとはな。もう少し、ましかと思っていたが」

鈴香が俯く。

膝の上で握った拳が震えていた。悔しいのだろうか。それとも……悲しいのだろうか。

そういえば──桜彦はふいに思い出す。鈴香はいつも、最後まで寝ないで父の帰りを待っていた。お父さまはお仕事が大変なのよ、だからお疲れさまでしたと言うの……そう言って、ひとり居間で待ち続けていた。鈴香が中学生くらいの時だ。

桜彦はまっすぐに父を見る。

「お父さん。僕たちを……騙してたんですか」

「騙していたのではない。試していたのだ」

桜彦はゆっくりと首を横に振り「違います」と言った。

「騙していたんです。あなたは、自分の子供を信じていない。信じられない。だから騙して、罠にはめて、反応を見る──それは、親として……いえ、人として、とても卑怯なやり口です」

父に口答えしたのは初めてだった。だが自分が間違ったことを言っているとは思わない。視線を逸らさない桜彦を、七曜が意外そうな顔で見ていた。

そしてフッと笑う。

「そうだな。私はおまえたちを信じてはいない」

咥え煙草のまま、脚を組み替える。

「おまえたちに限らず、ほとんど誰も信じていない。我ながら、いやな人間だと思っている。……だが迂闊に人を信じて行動すれば、九重グループの人間を路頭に迷わせかねない。そんなことになるくらいだったら、人を信じぬ卑怯者でいるほうがまだいい。九重のトップに立つということは、そういう人間になるということだ。大きな権力の代わりに、小さな幸福は失うだろう――それでも、私の後継者になりたいと思うか？　どうだ、鈴香」

鈴香が息を吸い、顔を上げる。目が少し赤かった。

「ええ。私はなりたいですわ」

揺るがぬ声で答えた。七曜は次に「桜彦は」と聞く。

桜彦はしばらく考えていたが、やがて自然に答えに至った。父を見つめ、静かに首を横に振る。

「僕には、別の人生が似合いだと思います」

「ほう」

「ただ、母のことだけ……ちゃんとしてやってください。いつか、僕が母と暮らせる家を、自分の力で持てるまで、どうか――」

「その心配はいらない。仮に私が明日死んでも、彼女が困ることはない。安心しなさい」

桜彦は「ありがとうございます」と頭を下げる。

もう、いい。それだけでいい。

母はきっと待ってくれるだろう。桜彦が、小さな家を構える日まで。

「鈴香さんには、グループ会社のひとつに、身元を伏せて入社していただく用意があります」

「え……？」

「その会社では、女性課長はまだいません。五年以内に、課長職を得ることができた場合、もう一度、チャンスが与えられます」

鈴香が父を見る。父は片眉だけを動かしてつけ足した。

「女としてはどうかと思うが、私の気性に一番似ているのがおまえだ。場合によっては、使えるかもしれないが、今のままでは話にならん。下っ端のお茶くみからのし上がれたら、また考えてみてもいい。……もちろん、そんな苦労はせずに嫁に行くのもおまえの自由だ。どっちにしろ、私が死んだら遺産はちゃんと入るぞ」

「やります」

鈴香は顎をツンと上げて、答える。

そして頭を軽く振り、首に纏わっていた髪を払った。甘いトワレが香る。

「そんなにお待たせはしませんわ。三年で、課長になってみせます」

「言うだけなら簡単だ。ま、やってみればいい」

七曜が立ちあがり、百井がコートを着せかける。

「あの……父さん、舜也さん、は？」

つややかな黒のカシミアを羽織りながら、父は短く「あれはだめだ」と答えた。そして視線で百井に補足するように促す。

「舜也さんには、近いうちに海外の寄宿大学に移っていただき、性根を入れ替えてもらいます。血が繋がっていないとはいえ、弟である桜彦さんに暴行を働くような人間は問題外です」

「え。どうして……それを」

桜彦の問いに、百井が珍しく微笑む。

「偶然パーティーで会った人物から耳に入りましてね。未遂に終わったし、とりあえずそいつの肋は折っといたけど、さっさと跡継ぎを決めてくれ、こんな騒動はもうたくさんだ、と」

「……まさか、それって」

「ええ。あなたが今考えている人です」

克郎が、百井に？

それは少しおかしくないか。

まず、なぜ克郎が百井の顔を知っているのかが疑問だ。百井にしても、突然見ず知らずの人物にそんな話をされて真に受けるとは思えない。

「事実なのでしょう？」

「事実ですけど……でも……百井さん、それを信じたんですか？」

ええ、とあたりまえのような顔をされた。

「あの子のことはよく知っています。不器用なところはありますが嘘をつくような人間ではない」

「あの子？」

「子供の頃は、山奥の祖父にべったり懐いて……一応今では、私が一番近い血縁者なんですがね。頭のいい子でしたので、大学を出たあと九重グループに就職しないかと誘ったのですが、あっさりいやだと言われてしまいました」

「うむ。なかなか面白い男だった」

父までがそんなことを言いだす。つまり面識があるということなのか。

「今日は何年ぶりかに再会したのですが……すごい勢いで叱られてしまいました」

百井と父はすっかり帰り支度を整え、スイートルームの広い通路を進んでいた。桜彦は慌ててふたりのあとを追いつつ「あの、話がよくわからないんですが」と訴えた。

扉の前までたどり着くと、百井はほんの僅かに口端を引き上げて桜彦を見た。

そして扉に向かい、

「いるんでしょう、そこに」

そう声をかけた。返事はない。

桜彦は扉を見つめる。……いるの、だろうか。彼が？　百井に視線を送ると「開けてご覧なさい」というように、頷かれた。

ゆっくりと、部屋の扉を開ける。

「やっぱりいましたね」

立っていたのは、克郎だった。

どこか怒ったような顔をして、百井を見ている。

「あらためて、ご紹介します。百井克郎――私の甥です」

思ってもみなかった百井の言葉に、桜彦はしばらく言葉も出なかった。

7

「ええ、私は最初にお会いした時から気づいておりましたよ」

タマさんは自慢げに小さな鼻をヒクヒクさせて言う。

「身元のわからない方に、この家の鍵など預けたりは致しません。一度だけ、この家にいらしたことがありましたね。百井さんがお連れになって……克郎さんは高校生くらいでしたか？」

「そう。十六だったかな」

「桜彦坊ちゃまはまだ幼稚園でしたねえ。克郎さんに遊んでいただいたの、覚えてらっしゃいませんか？」

桜彦はぐったりとソファに腰掛けたまま、無言で首を横に振る。

白金の自宅に戻ってきた途端に、脱力してしまった。身体の力は抜けているが、頭はまだ軽いパニック状態だ。整理整頓がつかない。

父は仮病で、ピンピンしていた。

克郎は、百井の甥だった。

おまけにかつてはこの邸宅を訪れていて、桜彦とも初対面ではなかった――。

「……最初から」

力ない声を出して、隣に座る克郎を見る。

「なんだ？」

「最初から……知ってたわけ？　僕が九重の人間だって」

「最初って、おまえが雪ん中に落ちてた時か？　知るわけないだろ。おまえが名乗って、初めてわかったんだよ。ああ、なんだ、叔父貴《おじき》が働いてる会社の御曹司か、ってな」

帰るなり、堅苦しいと言ってタキシードを脱ぎ、膝のすり切れたジーンズによれよれのトレーナー姿で克郎はくつろいでいる。その一方で桜彦はオフホワイトのタキシードを纏ったままだ。着替えようという気力も湧かない。

「おい、どうした。目が変だぞおまえ」

「……僕は……この数週間、なにしてたんだろ……」

「なにって、俺を紳士に仕立ててたんだろ。野郎版マイ・フェア・レディだ」

「なに、それ？」

「知らないのか。下町の花売り娘を淑女にする映画」

「知らない……プリティ・ウーマンならわかるけど。どっちにしろ、ぜんぜん紳士になんかなってないし」

「あら、克郎さんは紳士ですよ？」

言葉を挟んだのはタマさんだった。

「正義感と善意、そして揺るがぬ信念。これが紳士の条件です」

「いい言葉だな。誰が言ってたんだい？」

克郎の問いに、タマさんがポッと頬を染めて「大昔の恋人です」と答えた。

「ほら、じゃあ俺は立派な紳士だ。鈴香だって、実のところ結構その気だったぜ？」

「なに言ってんの……鈴香の趣味は、やっぱり可愛い系男子なんだよ……はぁ、どっちにしろ、失敗だったわけか……」

ずるり、と背中が滑る。

なんだか身体が痛い。走り回ったせいで、筋肉痛になっているらしい。

「失敗もなにも、おまえの親父さん、元気そのものじゃねえか。どんな親だろうと、元気なほうがいいだろ」

「そりゃそうなんだけど……。ただちょっと、疲れた……」

こういうのを空騒ぎに終わる、というのだろうか。

お風呂に入ってらしたら？　というタマさんのアドバイスに従って、桜彦は立ちあがる。

もう時間は深夜に近い。今夜は克郎もこの家に泊まることになっている。父から、手厚くもてなすようにと指示されていた。大切な秘書の甥御様には、堂々たるゲストとなり、一番上等な客室を使ってもらうことになっている。

足を引きずるようにして、桜彦は自分の部屋に引き揚げた。

そのままバスに向かい、タマさんが用意してくれたラベンダーミルクの湯に浸かる。ちゃぷんと顎まで沈んで、桜彦は目を閉じた。

鈴香の爪でつけられた、頬の傷が染みる。

今日、鈴香の気持ちが少しだけわかった。

あの二面性のある性格は、どうしたって好きになれないが、少なくとも今までよりは理解できる。九重財閥に対する執着は、桜彦を遙かに上回っていた。父の跡を継ぐのは鈴香かもしれない。あの女のことだから、どんな手を使ってでも、三年以内に課長にのし上がりそうだ。

怖い女だよなあと、つくづく思う。

——あなた、あの人のこと好きなんでしょう?

そう指摘された時には、本当に驚いた。女の勘は鋭い……いや、もしかして、誰にでもわかるくらい顔に出ていたのだろうか? まさか、克郎本人にも伝わってしまっていたとか?

「……冗談……」

ぶくぶくぶくと鼻まで沈む。

克郎は鈴香と違って鈍そうだから、たぶん大丈夫だ。そうでありますように、と祈る。

——好き。

心の中で、小さく呟く。

好き、なのだ。

いつからか、四六時中克郎のことばかり考えるようになっていた。あの大きな手や、太い首や、厚めの唇に目を奪われるようになっていた。ふたりでワルツを踊った時の幸福な浮遊感が忘れられない。キスされそうになった時のときめきと、それが演技だとわかった刹那のショック。鈴香に寄り添う克郎を見た時の、胸の痛み。

克郎に触れられた時の、あの高揚――

好きになってしまった……男同士なのに。

しかも相手は十以上も年上。桜彦のことなど、子供としか見ていない。だからこそ、あんなふうに冷静に桜彦の身体に触れられるのだ。淡々と、処理できるのだ。少しでも桜彦に気持ちを寄せていてくれるなら、一緒に身体が熱くなるはずだ。

「……ぷはっ」

いつまでも沈んでいては死んでしまう。桜彦は水面から顔を出し、バスタブの縁に頭を預けた。

もう一度、目を閉じる。

涙が零れるのは、お湯が目に染みてしまったからだ。きっとそうだ。

自分にそう言い聞かせて、桜彦はしばらくそのまま動かなかった。

＊＊＊

「遅い。女みたいに長い風呂だなおまえは」

「えっ……」

三十分ほど風呂の中でめそめそした桜彦は、自分の寝室で克郎を見つけて驚いた。

ローブ姿の克郎は、ビールを片手にリクライニングチェアで勝手にくつろいでいる。柿ピーまで持参しており、カーペットの上にピーナッツが二粒ばかり落ちていた。

「ど、どうしたの」

「タマさんに頼まれて、それ持ってきたぞ」

克郎が指さしたのはハーブティーだ。湯上がり用に、タマさんが用意してくれたのだろう。

「ありがとう。……あの、ピーナッツ落ちてるんだけど」

「ん？　ああ、本当だ」

チラリと視線を下げたものの、拾う気配はまるでない。

「なんか部屋が柿ピーくさい……」

「食うか？」

「いらない。……もう歯を磨いちゃったよ」

桜彦はパジャマ姿でベッドに腰掛け、ティーカップを手にする。カモマイルとリンデンの香りが鼻腔を擽った。

まだ温かいハーブティーを飲みながら、ちらちらと克郎を窺う。

なにしに来たのだろう。ハーブティーを届けに来ただけなら、すぐに帰ってもよさそうなものだ。

克郎は柿ピーの小袋を顔の上に持つと、まるで粉薬でも呑むようにして、中身をザラザラと口の中に流し込んでいた。豪快な食べっぷりに、呆れながらも桜彦は見とれる。更にゴクゴクとビールを呷り、飲み切ってしまうとグイと口元を手の甲で拭う。

そしてフィーと満足げな溜息をついた。まるで焼鳥屋にいるオヤジだ。

桜彦はクスリと笑う。やっぱり、紳士にはならなかった。

でも、それでいいと思った。そのほうが克郎らしくていい。

「明日、帰ることにした」

唐突に宣告され、桜彦の喉仏がコクリと上下する。

「……そう」

かろうじて、それだけ答えた。

今自分はどんな顔をしているのだろう。泣きそうな顔になっていないことを願うばかりだ。

「ジコも、さみしがってるみたいだからな」

「そう……だね」

「で、だ。最後におまえと話をしとこうと思ってな」

「お金なら、ちゃんと振り込むよ」

「いや」

「当初の予定どおりの金額で……。ああそうだ、振込先を聞いておかないと……もしネットに口座があるんなら、いやあるわけないか。べつに僕は郵便局でも」

「待てって。そういう話じゃないんだよ」

苛ついた口調で言うと、克郎は立ちあがった。そして最短の直線距離でベッドまで進み、桜彦の隣にどすんと座る。

硬めのスプリングが、少しだけ揺れた。

「桜彦」

「う、うん」

「おまえ、俺に言っておくことないか？」

「え？　あの……お世話になりました……？」

克郎が眉根を寄せて「バカ」と言った。いくらなんでもバカは失礼だろうと桜彦が顔をしかめると、手にしていたカップを奪われてしまう。そしてもう一度、

「そういうことじゃなくて。明日いなくなっちまう俺に、言っておくことはないのかと聞いてる」

あるよ……ある。

行かないで。僕のそばにいて。好きなんだ。——そう言えたら、どんなにいいだろう。

けれど口にできるはずもない。桜彦は臆病なのだ。拒絶されて、傷つくのはいやだ。克郎とすごした時間を、楽しい思い出として取っておきたいのだ。

「べつに……ない、けど」

だからそう答えるしかない。

「ないのか」

「……うん」

「……そうか」

気のせいだろうか。どこか落胆したような声に聞こえる。

「いや。ないなら、いいんだ」

克郎は、ゆっくりとベッドから立ちあがる。

「じゃあな。おやすみ」

「……おやすみなさい」

ティーカップをサイドテーブルに置き、自分が飲んだビールの空き缶を持って、扉へと歩きだす。

いやだ。

ああ、行ってしまう——。

声にならない言葉とともに、桜彦の視線は広い背中を追いかけた。もう少し、ここにいて。なにか喋って、いや、黙っていてもいい。なにも喋らなくても、いてくれるだけで——。

扉の前で克郎の足が止まる。

自分の願いが通じたのだろうかと、桜彦は固唾を呑んでその背を見守る。

ペキッ、と音がした。

克郎が自分の握っていた缶を潰したのだ。そして小さく「ちくしょう」と呟くのが聞こえる。どうしたのだろう、なにか怒っているのだろうか。

克郎が踵を返した。

再びまっすぐ桜彦に向かってくる。とても怖い顔をしていて、桜彦は思わず後ずさり、ベッドの上に逃げる。なにか怒らせるようなことをしてしまったのだろうか。

克郎はベッドの上まで追ってきた。

更に桜彦は追い詰められ、やがてヘッドボードに背が当たる。これ以上は逃げられない。

克郎の顔がすぐ近くにある。強い眉は、ぎゅっと寄せられたままだ。

「おまえに話がなくても、俺にはあるんだ」

低い声は、獣の唸りを思い出させた。

「な……なに……？」

「抱いていいか」

「――え？」

「明日帰る。最後の夜なんだから、抱かせろ」

「え？　え、あの……」

「いやなら、突き飛ばせ」

わけもわからぬまま、強い腕に抱き竦められる。

大きな手に頰を包まれ、上を向かされた。すぐに克郎の唇が降りてきて——口づけられた。

触れて……離れる。目が合う。心臓が爆発しそうだ。

またすぐに触れる。桜彦はもう、目を開けていられない。

「んっ」

唇の合わせ目に、克郎の舌が訪れた。

桜彦はどうしたらいいのかわからず、促されるままに唇を開く。舌が入り込んできて、緊張のあまり動けない桜彦の舌をゆっくりと舐めた。

「……ふ、あ……」

突き飛ばせと言われていても、こんなに密着していてはできるはずもない。

克郎は桜彦の舌を搦め捕り、吸い上げた。軽い痛みがむしろ感覚を鋭くする。口の中をあますところなく探られるうちに、強ばっていた身体から力が抜けていく。

ふたりの唇から零れる、くちゃりと濡れた音がいやらしい。

大人のキスってこんななんだ——とろけかけた頭の片隅で、桜彦はそんなことを思った。

どれくらいの時間、キスを交わしていたのかわからない。

すごく長かった気もするし、あっという間だったようにも感じる。とにかく唇が離れた時、桜彦はベッドの上に押し倒されたような格好になっていた。

気がつけば、自分の腕は克郎の首に回って縋りついている。

「突き飛ばさなくて、いいのか？」

「……うん」

声までがとろんと溶けていた。克郎のキスのせいだ。

「あの……」

「なんだ」

「僕……克郎さんのことが、好きみたいだ」

そうか、と克郎が優しく笑いながらローブを脱ぐ。俺もだよ、と言ってくれるかなと思ったが、その言葉はなく、まったく違う質問をされた。

「……キスは、どうだった？」

「ええと……柿ピーの味がした」

それもまた、本当のことだ。克郎はプッと噴き出して、額をコツンと当ててくる。そして「おまえはミントの味がしたぞ」と耳元で囁いた。

そのまま耳殻《じかく》を唇に挟まれる。

「あ」

柔らかく噛まれて、ヒクッと震えてしまった。

唇はそのまま耳の舌を滑り、首筋に下りていく。

同時に克郎の指は桜彦のパジャマのボタンを外していた。全て外し終えると、平らな胸を手のひらが滑る。優しく、まるで桜彦を温めるかのように、何度も何度も行き来する。

たったそれだけのことに、桜彦の身体はぞくぞくと感度を高めていった。ほとんど触られてもいないのに、胸の粒はぷくりと充血してしまう。

克郎はその粒に指で触れることはなかった。

「んっ！」

その代わり、いきなり口の中に含まれた。

ちゅっ、と吸いつかれ、舌と唇でこねくり回される。小さな粒は次第に芯を持ったようにツンと起き上がり、そこからちりちりと甘い痺れが生まれてくる。痛痒《つうよう》が少しずつ、気持ちよさに変化していき、桜彦は唇を噛む。

片方をさんざんねぶり尽くすと、もう一方だ。

桜彦は自分の口を両手で覆い、漏れてしまいそうな声を必死に殺した。

「こら。なにしてる」

身体を起こした克郎に、手を外されてしまう。

「俺の楽しみを奪う気か。ちゃんと声を聞かせろ」

「で、でも……あっ……」

「ここが好きか？　ほら……水を吸った種みたいになったな」

「あっ、ん……っ」

ぷくりと膨らんだ突起を指先で摘まれ、桜彦は背を仰け反らせる。

「や、や、やだ」

「なにが」

「そんな、とこ……女の子じゃないの、に……ッ」

「男だって、ここは感じるぞ」

「んっ……」

「ここだけじゃない……どこで感じたって構わない。……目を閉じて、感じればいい。俺が、おまえのいいところを探してやる」

「あ……！」

脇腹に軽く歯を立てられる。擽ったさと痛みが相まって、思いも寄らぬ快感が背骨をざあっと走っていった。

「たくさん、あるはずだ。……ほら、ここは？」

脇をスゥッと舐め上げられ、桜彦は身体をびくつかせた。克郎の舌に、身体中を探られる。鎖骨、肘の内側、手のひら——どこもかしこも、自分の皮膚とは思えないほど過敏だった。

臍《へそ》の窪みまで愛撫され、擽ったくて桜彦は暴れる。脚をばたつかせているうちに、パジャマと肌着を脱がされてしまった。

全裸を晒す恥ずかしさに「いやだ」と口走り、身体を捩る。

「変な奴だな。風呂も一緒に入っただろ？」

「あ、あの時から……克郎さんは、スケベだったんだっ」

悔し紛れに言うと「そうだな」とあっさり肯定されてしまう。

「『放して』と『して』を聞き違えたのは本当だが……相手がおまえじゃなかったら、いくらなんでもあんな真似はしなかった」

「ひ、人のせいにするなよっ」

「おまえが可愛すぎるからだ。犯罪並みに可愛い。だからおまえが悪い」

「な、なに言って……」

「十以上も下の相手に振り回されるとは……俺もヤキが回ったもんだ」

「僕は振り回してなんか……ひゃっ！」

軽々と脚を持ち上げられ、開かされた。

両脚の間に克郎の身体が入り込み、もう閉じることができない。まだ灯りを落としていない寝室で桜彦は全身を赤く染め、かろうじて両手で股間を隠す。

「か、克郎さ……灯り、が」

「気にしなくていい」

「や、やだ。集中できないよっ」

「大丈夫だ。ちゃんと集中させてやる」

克郎の声に意地の悪い響きを感じ取り、桜彦は身を硬くした。

「え」

ふいに克郎の身体が沈む。

両手を摑まれ、ギュッと手首を拘束された。そのまま身体の両脇、シーツの上に固定されてしまう。まさか……と桜彦が思った刹那、すでに勃ちあがっていたそこが、温かな粘膜に含まれた。

「――っ！　あ……あっ……」

知識としては知っている行為……つまり、知識でしか知らなかった行為である。

どうしようもない恥ずかしさと、それを遙かに上回る快感に、桜彦はただ打ち震える。

「ん……んんっ……く……」

シャフト部分に走る筋を確かめるように、克郎の舌がゆっくり往復する。それだけでも身悶えするほど感じるのに、先端にくちゅりと舌が巻きついてきた時には、「いやあ」とあられもない声を出してしまった。

いやなはずもない。よすぎて、感じすぎて、怖いのだ。

克郎はそれをよくわかっていた。

じわじわとそこを愛撫する。あまり激しくすれば、桜彦がすぐに達してしまうであろうことも承知のようだった。

追い詰めすぎることなく、口の中すべてを使って桜彦を可愛がり、喘がせる。

「んふうッ……」

鈴口を舌先で擽られると、勝手に膝が深く曲がり、腰が浮いてしまいそうになる。

一度口から出された。

克郎がじっとそこを見ているのがわかり、桜彦は過ぎる羞恥に泣きだしたい気分になる。唾液で濡れた自分の分身はいやらしく光っていて、視線すら愛撫と受け取り、ぷくりと新しい分泌物を零してしまうのだ。

「さっきから、トロトロ出っぱなしだぞ」

意地悪を言われても、なにも言い返せない。尖らせた舌が、その粘液を舐め取る。自分の茎に克郎の舌が這うさまを見ると、頭が沸騰してしまいそうだった。

もういやだ、こんな恥ずかしいのはいやだ——そう主張する自分。

もっとして、もっと弄ってと期待している自分。

やがて欲張りな桜彦は、恥ずかしがり屋の桜彦を容易にねじ伏せてしまう。まるでねだるように腰が蠢《うごめ》き、吐息の乱れすら媚《こび》を含む。

克郎の手が、桜彦の手首から離れる。

「あっ……」

その指先が最奥を探った。

まだ乾いている襞をゆっくりと撫でる。桜彦のそこは、克郎の指を覚えてるよ、とでも言いたげにキュンと収縮する。

「……あ、あぁ……や……」

再び前を深く咥えられ、今度は濡れた指が訪れる。

ジェルかなにかの冷たい感触に、桜彦はピクリと反応した。その周辺をたっぷりと濡らされ、同時に性器を甘嚙みされて、思わず克郎の髪を鷲摑みにしてしまう。

長い指が、桜彦の狭い道に沈んでいく。

「いっ……ああ……ッ」

ぐしゅっ、ぐしゅっ、と音を立てながら抜き差しされる。同じリズムで前を唇で扱かれた。

「や、や……だめっ……そん……い、いっちゃ……！」

頭を打ち振って訴える。

二カ所同時に与えられる刺激は、経験の乏しい桜彦には強すぎる。今にも達してしまいそうだ。

「まだ、だめだぞ」

「あうっ！」

克郎が身体を起こし、もうぎりぎりになっている桜彦の屹立の根本をきつく握り込んだ。後ろに埋め込んだ指はそのままだ。

「あ、い、痛い……克郎さ……放し、て……」

「いい子だ。少し我慢しろ……こっちに、集中して」

ぐちゅっ、という音とともに、指が二本に増やされる。奥深く暴かれる感覚に桜彦は身悶える。

指はほどなく三本にまで増えた。痛みはないが、違和感は大きい。

「う……う、あ……あ、んっ……」

困ったことに、違和感の中に、それをしのぐ悦楽の火種が生まれつつある。

「ここ……わかるだろ？」

「ひっ、あ……！」

ある部分をクイと押し上げられると、屹立がビクンと反応する。

まるで身体の中に二カ所を繋ぐラインがあって、そこをババッと電流が駆け抜けるような刺激だ。

克郎に握られていなかったら、耐えきれず漏らしていたかもしれない。

「そう、ビクビクッて、なるだろ？　ちゃんと覚えるんだぞ。ここで、感じることができる」

「はっ……は、あ……っ」

「覚えたか？」

カクンと頷くと、ゆっくり指が引き抜かれる。

粘膜まで一緒に引きずり出されそうな感覚に、桜彦は呻いた。克郎が体勢を直し、覆い被さるようにして、ソフトなキスをくれる。ついばむような口づけを繰り返されながら、桜彦は自分の息ばかりが激しく乱れているのに気づいた。

こんなのいやだ、克郎にも感じて欲しいと思う。

ふと不安になって、視線を落とすと、克郎がスキンをつけているのがわかった。そこがちゃんと猛々しくなっていることに安堵し、同時にあまりの大きさに驚いて、身体が竦む。

「どうした？」

「そ……それ、は、入る……？」

怖くなって、思わず真面目に聞いてしまう。

克郎は小さく笑い、桜彦の手を取って、自分のものに触れさせた。

「あっ……」

「握ってみな」

スキン越しでもその熱さがはっきりわかり、桜彦の心臓はなお高鳴る。促されて、手のひらに力を込めてみた。硬い肉には、思ったよりも弾力性があって、ああ人間の身体の一部なんだなと、当然のことを再認識する。

「熱い……ね……」

「興奮してるからな」

「そ、そうなの？　見えないよ……なんかすごく、落ち着いてるし……」

「年下のおまえよりおろおろしてたら、そりゃまずいだろ。けど、こいつは落ち着いてない」

「……うん……」

ドクドクと脈動するそれが、愛おしい。

「おまえの中に、入りたがってる」

そんな色っぽい目でねだられたら、いやだと言えなくなってしまう。

「大丈夫だ。傷つけたりしないから、任せろ」

「うん……あっ……」

「ほら、こんなとろとろだ……さっきのとこ、覚えてるな？」

「う、うん……」

先端が、桜彦の蕾をつつく。

「そこに当たったら、イイって、言えよ？　ちゃんと俺に教えろ？」

「い、言えないよ、そんな……っ」

「言わないとわかんないだろ？　……息、ゆっくりな」

太腿を担ぎ上げんばかりに持ち上げられる。

あられもない姿勢と、次第に強くなってくる圧迫感に、桜彦は目を閉じた。縋れるのは克郎の頑丈な首だけだ。

抱きついて、深呼吸を試みる。

克郎は決して焦らなかった。

むしろ桜彦が焦れてしまうくらい、じわじわと腰を進める。

少しでも桜彦が痛がる素振りを見せると、そこで一度動きを止め、潤滑剤をたっぷりと足す。おかげで桜彦の股間は、粗相《そそう》でもしてしまったかのような濡れ方だ。

「はっ……ふ……」

すべてを収め切っても、どこも怪我をした感覚はなかった。

それでも強い違和感と圧迫感だけはどうしようもない。体内に他人を迎え入れたことなどないのだ。身体の全細胞が驚いて、うろたえている。

克郎が、ゆっくり動きだす。

「あ、ああっ……や、あゥ……」

同時に、緊張で半分萎えてしまっていた桜彦のそこを愛撫する。くちゅくちゅと手の中で擦られて、それはすぐに熱を取り戻した。

「桜彦」

呼ばれて、目を開ける。

途端に眦から涙が零れた。痛いわけではなく、悲しいわけでもない。なのに不思議と涙が流れてしまう。克郎の舌が涙の道筋をたどる。耳元でもう一度「桜彦」と呼ばれた。掠れた声に、克郎の興奮を感じ取って、桜彦は嬉しくなる。

ゆっくりと、克郎の雄が出入りする。桜彦の反応を注意深く見ながら、角度を少しずつ調節していた。そのうちに、さっき教え込まれたあの部分に、克郎の先端が当たるようになる。

「ひあっ……！」

「……ここ、か？」

「あっ……ああっ、や、いやっ……ああ、あ、だ、め――ッ」

いい、と言えと教えられていたのに、口をつくのは反対の言葉ばかりだった。

熱い刀はそこに狙いを定めてえぐるように動く。最初はゆったりとしていたストロークも、次第にスピードを上げて、接合部からはあられもない音が聞こえてくる。

「はっ、あ……や、んっ……か、克郎さ……ああぁ！」

あちこちに生まれていた小さな火種が、一気に酸素を得て燃え上がった。

克郎の手の中のものは、今にも爆発しそうに膨れ上がっている。内側をえぐられるたび、最後の瞬間が近づいてくる。

もう、無理だと思った。

これ以上我慢できそうにない。

桜彦は克郎の髪を摑み涙目で訴える。もういかせて欲しい、と。

だが意地悪な男はとんでもない注文を出してくる。

「いくとき、ちゃんと言えよ？」

そんな恥ずかしいこと言えるはずないと首を横に振ると、屹立を握っていた手をわざと開いた。

「なら、いかせてやらない」

「あっ……や、やだ……やめたら、やだ……っ」

「じゃ、言うか？」

「い、言う。言うから……っ」

忍び笑いが聞こえ「おまえ、やっぱり可愛いな」と言われた。からかわれても腹が立つどころか、身体が熱くなるばかりだ。

再びリズムが刻まれ、桜彦は背中を仰け反らせる。口はもう開きっぱなしで、言葉を紡ぐのが難しい。酸素を求める魚のようにパクパクと喘いでしまう。

「んっ、……あ、あっ……い、いきそ……あぁぁ」

「桜彦……出ちゃう、って言ってみな」

「んっ、や、やあっ」

「ほら……ここ、だろ？」

内側を乱暴なほど強く攻め込まれ、桜彦は甘く叫んだ。

「ひっ、あうっ……！」

「すごいなおまえ……熱くて、絡みついてくる……」

目を開けていられない。瞼の裏がチカチカする。

克郎を呑み込んだ部分が、搾り取ろうとするかのように締まり、さんざん蹂躙《じゅうりん》された粘膜が捩れるように蠢く。

背骨から脳天へ、突き上げるような快感が走り、握り込まれている屹立は燃えてしまうのではないかというほど、熱くなった。

「あ……っ、あ、ああ、あ、も……克郎さ……っ」

「ちゃんと、言えよ？」

心なしか、克郎の声も上擦っていた。

「だ、だめ……で……でちゃ——ん、んんっ、あああぁ……」

身体の中で風船がぶわっと膨らんだ気がした。

そしてそれが破裂する。中に入っていたのはなにもかもを溶かすほど熱い、快楽の暴風だ。灼熱の風が身体を駆けめぐり、内側から桜彦を焼き尽くす。

胸にまで、自分の精液が飛んでいる。

克郎の手の中で、まだそれは震えていた。自慰ならば、射精はピリオドのようにわかりやすい終わりの合図なのに、桜彦の身体からは一向に熱が引かない。後ろは、克郎を咥え込んだまま、ビクビクと収縮していた。

「……桜彦」

囁かれ、朦朧《もうろう》としたまま逞しい背中に腕を回す。

ゆっくりと再開される律動に、あとは泣きながらついていくだけで精一杯だった。

＊＊＊

三月末――山の春は遅い。麓の村では梅が綻んでいても、山道では除雪車が大活躍だ。俺が五月から十二月までを過ごしている石の小屋も、今しばらくは雪に包まれていることだろう。

「源さん。ここ、いいね」

「いいべ？　古い家だばって、手入れっこば、まっこにしてるはんでな。あの梁《はり》ば見でけじゃ、見事だべさ」

今や津軽弁も耳にだいぶ慣れ、源さんの言葉もほぼ理解できる桜彦である。

「外壁を少し直して、床暖房システム入れて……あとは、バリアフリーにしておこうかな。母さん、いつか車椅子が必要になるかもしれないし」

桜彦は古い家屋をぱたぱたと歩き回り、その後ろをジコがついて回っている。

源さんの紹介してくれた物件は、村の中心から、やや離れた小高い場所にあった。

修繕と下準備に一年かけ、高校を卒業したら、桜彦はここに母親と一緒に移り住むという。家政婦のタマさんも一緒に来てくれるのだと、嬉しそうに俺に報告した。

「親孝行だんだな桜彦さは。うんだけど、おめさ、大学はどするんだば？」

「こっちの大学に通うよ。僕、ここがとても気に入ったんだ。空気もいいから、母さんの病気にもいいだろうって先生も言ってたし」

「こったど寒くて雪よげだどごば、どして気にいったもんだがさ？　冬だっきゃ雪下ろしだけでも、うだでぐ苦労だんだど！」

「うん。源さん、教えてね、雪下ろし」

「アハハハ、なんぼ、もつけだ童子《わらし》だもんだがさ」

源さんは笑って、桜彦の頭をくしゃくしゃと撫でた。桜彦がすっかりお気に入りの様子だ。

「そんだば、次におめさが来る時までに、リフォーム業者ば探しておぐべがな。お母《が》さが安住《あずまし》く暮らせる家こにしねばまいねはんでな」

桜彦はきちんと礼を言い、夕方から農協の会合があるからと、源さんは先に帰っていった。

まだがらんどうの家の中をさんざん検分し尽くして、やがて桜彦は大きな窓辺に佇む。

「ふうん、二重ガラスなんだ……。あ、すごい。山が見える」

「あたりまえだ。周囲は山だらけなんだからな」

「もー、あたりまえの景色に感動してるんだから、ほっといてくれよ」

俺は大股でゆっくりと歩み寄り、桜彦のすぐ後ろに立つ。

「東京のほうが、いい大学があるだろうに……ホントに物好きな奴だよ、おまえは」

内心の嬉しさを素直に出せない自分に、我ながら呆れる。

桜彦がこの地に来ると言ってくれて、誰より喜んでいるのは他でもない俺自身だ。小躍りしたいくらいに、嬉しい。小躍りどころか、盆踊り大会を開いたっていいくらいだ。

けれどそれを口に出すことができない。紳士というものは、照れ屋なのだ。

「いいんだよ、母さんもここが好きだって言ってくれたんだから」

「こっちの冬は本当に寒いぞ。半端じゃないぞ」

「だーかーらー。わかってるってば」

「まったく、こんななにもないところに……」

桜彦がくるりとこちらを向いた。そして生意気にツンと顎を上げて「なに言ってんの。山には、すべてあるんだよ」とどこかで聞いたセリフを言う。俺はつい、笑ってしまった。

ほっそりとした肩を軽く抱くと、素直に身を寄せてくる。

ジコがもぞもぞとふたりの脚の間に潜り込んできた。焼きもちを焼いているのかもしれない。

まだ雪を残す山並みを桜彦は熱心に見つめていた。

克郎さんの山はあれかな、と指さす。そうだな、と適当に答えておく。あのあたり一帯は、どれも俺の山だ。祖父が全部、俺に遺してくれた。

「僕、炭焼き手伝えるかな」

「ま、期待しないでおくさ」

桜彦が唇を尖らせる。

それがまるでキスをねだっているように見えたので、俺はゆっくりと身を屈めた。

あとがき

GENKIノベルズさんではお久しぶりの榎田尤利でございます。

みなさまお元気でいらっしゃいましたか。なになに、夏ばてしている？　そんなときにはこの一冊『無作法な紳士』にて涼しい気持ちになってください。

通常ですと、私はだいたい本の発売時期に合わせて作品中の季節設定をするのですが、今回ばかりは真夏に真冬のお話となりました。

ということで主人公の桜彦くん、のっけから吹雪の雪中で遭難しかけています。山場のシーンもクリスマスだし、季節はずれも甚だしいことこの上ない……。実は今回、もともと別のプロットを用意していたのですが、どうにもそのお話に乗り切れなかった私は、時間もあまりないというのにまったく別のプロットを作り直したのでした。それがこの男版マイ・フェア・レディというわけです。

真っ黒くろすけだった炭焼き職人（それはそれで格好いいと思うのですが）の克郎が、タキシード紳士に変身。ついでなので桜彦にもドレスを着せてみたりと、書いていてとても楽しい作品になりました。女装、わりと好きなのかもしれない……（笑）

さて、今回はあとがきが四ページもありますので、作中の難しい言葉についてご説明を添えさせていただきますね。そう、日本で最も難しい方言のひとつ、津軽弁であります。

とはいえ、漢字表記もありますし、読む分にはだいたいの意味はおわかりいただけると思うのです。ただし、ナチュラルスピードでのリスニングは本当に難しい……私は以前青森のある湯治場で地元の小母さまに話しかけられたのですが、仰っていることの三割くらいしかわかりませんでした。沖縄で外国の方に英語で「写真撮ってくれますか」と頼まれたときのほうが、よほど理解できました。手強いぞ、津軽弁（笑）

では、本作で出てくる中で、ややわかりにくかったであろう台詞をここで再現してみましょう。いずれも源さんのセリフです。

「そえにしても、なしてまだ、こたらえふりこいだかっこしてだもんだがせ」

『えふりこぐ』というのはええ格好しい、格好つけたという意味の言葉になります。したがって、「それにしても、なんでまたこんなかっこつけた服を着ているんだか」という訳になるわけですね。

明日、かっこつけた人を見たら小さく「このえふりこぎがぁ」と呟いてみましょう。

「こったただ寒くて雪よげだどごば、どして気に入ったもんだがさ？　冬だっきゃ雪下ろしだけでも、うだでぐ苦労だんだど」

『雪よげ』は雪が余計にある、つまり雪深いということ。『うだでぐ』はとても、非常にという意味です。

よって「こんなに寒くて雪深い土地をどうして気に入ったんだか。冬場は雪下ろしだけでも一苦労だっていうのに」という感じでしょうか。

あと、私がかなり好きな台詞が、

「めがー。めべー。んだばいがった、いがった」

こちらになります。これは音に出して読んでいただくと、わかりやすいかも。『めがー』の前に心持ち「ん」の音を入れてみてください。標準語にすると「うまいか？　うまいだろう？　そしたらよかったよかった」こんな雰囲気ですね。

「うまいか」が「めが？」になっているのです。かなり縮まっております（笑）　そういえば東北地方の方言の有名な例に「どさ？」「ゆさ」という会話があります。「どこに行くんですか？」「お風呂です」という内容が、たった四文字に凝縮されてしまう。面白いですよねえ。

もともと私は、どこのお国言葉も大好きです。

その土地土地の雰囲気が伝わってきて、なんとも温かな心持ちになれます。今までも関西方面の言葉はときどき使っておりました。私は父方の故郷が西方面なのですが、それでもエセ関西弁ですから、ゲラの段階でその地方出身の方にチェックしていただくというスタイルです。しかし今回は原稿では標準語で書き、それを津軽弁の堪能な方に翻訳（笑）していただくという作業になりました。

快くお引き受けくださったS山様に心から御礼申し上げます。

また機会がありましたら、お国言葉満載の物語を書いてみたいなと考えております。

本作にイラストで花を添えてくださったのは金ひかる先生です。クマだった頃も、紳士になってからも克郎は大変かっこよく、桜彦は可愛らしく描いていただきました。ありがとうございます。密かに鈴香もお気に入りなのです……ふふ。また、担当様をはじめ、本作を世に出すためにご尽力いただいたすべての関係各位に、深く御礼申し上げます。

最後になりましたが、私が作家であり続けるためになにより必要な存在、それはこの本を手にしてくださっているあなたがた読者さまです。いつも本当にありがとうございます。どうぞ本作に関してのご意見ご感想など、お寄せください。公式サイトのほうでもお待ちいたしております。

また遠からずお会いできますように。それまでどうかお元気で。

ん、だば！

２００５年　アゲハが孵化した六月　榎田尤利　拝

公式サイト nude mouse　http://kt.sakura.ne.jp/~eda/

GENKI NOVELSをお買い上げ頂きありがとうございます
ご意見、ご感想をお待ちしています

〒173-8558　東京都板橋区弥生町77-3
株式会社ムービック　第６事業部

無作法な紳士

榎田尤利

著作者●榎田尤利（©YUURI EDA 2005）
発行日●2005年７月31日（１版１刷）
発行者●松下一美
発行所●株式会社ムービック
住　所●〒173-8558　東京都板橋区弥生町77-3
TEL 03-3972-1992・FAX 03-3972-1235
GENKI NOVELS